Quarthefte:
Erstausgaben
zeitgenössischer
Literatur

Q

Giorgio Manganelli

DER ENDGÜLTIGE SUMPF

Aus dem Italienischen von
Iris Schnebel-Kaschnitz

Verlag Klaus Wagenbach Berlin

Die italienische Originalausgabe erschien 1991
unter dem Titel *La palude definitiva*
bei Adelphi Edizioni, Mailand

Quartheft 185

Verlag Klaus Wagenbach, Ahornstraße 4, 10787 Berlin
Für den Umschlag wurde das Bild *Alles Gute* von C. Boese
(Joker Edition, Berlin) verwendet
Satz aus der Korpus Aldus
Gesamtherstellung Druckerei Wagner, Nördlingen
Gedruckt auf chlor- und säurefreiem Papier
Printed in Germany.
ISBN 3 8031 0185 9

DER ENDGÜLTIGE SUMPF

1 Ich habe eine dunkle, im Lauf der Jahre immer löchrigere Erinnerung an das, was mich an diesen verlassenen Ort geführt hat, der mir Heimat geworden ist. Ich erinnere mich an eine feierliche Stadt, türmchenbewehrte Gebäude, Wirrsale schmaler Straßen, plötzliche Plätze. An einem von diesen steht ein Haus mit engen Zimmern, sicherlich ein berühmtes Haus, auf dessen Wände Wappen und Wahlsprüche gemalt waren – jetzt, in der Erinnerung, lächerlich und gespenstisch; denn das, was ich vor mir sehe, ist eine Menschenmenge, die nächtlich den Platz vor dem Haustor füllte – einem kostbar mit heraldisch ehrerbietigen Wappentieren geschmückten Tor – und lärmend meine Schande verkündete. Fackeln wurden geschwungen, wie zur Verheißung des Scheiterhaufens, Waffen geschüttelt; aber was hatte ich nur getan, um Gegenstand solcher Wut zu sein? Jetzt beruhigt sich die Menge, und ein Mann im buntscheckigen Kleid des Henkers, des Scharfrichters, tritt hervor und verliest ein Papier, vielmehr schreit es heraus und blickt dabei zu den Fenstern des Hauses, und hinter diesen Fenstern kauere ich und lausche; er verliest, der Scharfrichter, eine Liste meiner Missetaten, die meine Merkmale geworden sind. Ich habe also betrogen, habe Gewalt angewendet, habe angegriffen, habe unerträglich gotteslästerliche Handlungen begangen?

Die Stadt, in der ich lebe, ist außergewöhnlich fromm, und obwohl sie zum lässigeren und unschuldigeren Laster neigt, duldet sie keine Beleidigungen, die sich als Herausforderung dessen aufspielen, was hier heilig ist. Ich erinnere mich nicht, was ich begangen haben könnte, welchen Tempel ich geschändet haben könnte und in welcher Form, noch welche Gottheit ich herausgefordert hätte, und ich weiß auch wahrhaftig nicht mehr, welches die Gottheiten waren, die in dieser alten und strengen Stadt mit prächtigen und anspruchsvollen Riten angebetet wurden. Glaubte man an einen einzigen Gott oder an mehrere Götter? Oder hatte ich vielleicht die Dämonen, die Geister und Genien beleidigt, oder die Verstorbenen, jene schweigsamen und eloquenten Toten, die sich manche Familien als Wächter ihrer vergänglichen Schicksale hielten?

Ich hatte etwas getan, das untragbar war, und das die Stadt nicht dulden würde. Ich hatte schon ruhigere und bescheidenere Männer als mich in den Flammen eines sehr hohen Scheiterhaufens brennen sehen, eines Gebäudes fast, ich wage zu sagen, nicht ohne Eleganz; in dieser Stadt fließt das Blut der Übeltäter, und die Leute, in malerische Gewänder gekleidet, ergötzen sich sehr daran. Nichts habe ich behalten von meinen Verbrechen, aber jenen Augenblick des Grauens habe ich nie vergessen, denn ich wußte, daß es mir in keinem Fall gelingen würde, mich stichhaltig zu verteidigen, die Heftigkeit der Beschuldigungen zu mildern, zu erklären, daß meine ruchlosen Gesten eine geheime Gebärde der Andacht enthielten, vielleicht eine schwierige rituelle Verneigung. Ich kann nicht hoffen, jene Menge zu einem Waffenstillstand zu bewegen; darum fliehe ich, reiße das Tor auf, strecke das Schwert nach vorn; es wird still in der Menge, meine verzweifelte Kühnheit erschreckt sie nicht, sondern erstaunt sie, und siehe da, ich dringe bereits ins Labyrinth, den Irrgarten der Straßen ein, und auf der Spitze meines Schwerts lasse ich mir ein Pferd aushändigen und fliehe, ich lasse die Stadt hinter mir zurück, die ich nie wiedersehen werde; sicherlich lasse ich auch jemanden zurück, den ich liebe, meine geliebten Forschungen, die nachdenklichen Spaziergänge mit den anspruchsvollen Freunden, ich lasse eine große und edle Bibliothek zurück, vielleicht auch lasterhaft geliebte Gefährten, frevlerische Streitgespräche über die Ewigkeit der Höllenqualen, ausgeklügelt nekromantische Spiele, und ich lasse Gespenster zurück, die ich beschworen aber nicht mehr aus meiner Macht entlassen habe, und die vielleicht jetzt noch durch die Straßen jener Stadt von antiker Schönheit flattern. Die Götter – jene Götter, von denen es heißt, ich hätte sie beleidigt, verlieren während meines Ritts durch die Nacht all ihre Namen, ich erinnere mich nicht mehr, woran ich je geglaubt hätte, welche Phantasien mich dazu getrieben hätten, Mächten zu trotzen, von denen mir nichts bekannt ist, und die ich nicht mehr nennen werde, weder im Gebet noch im Fluch.

2

Die Stadt, in der ich Halt mache, um mir und meinem Pferd eine Rast zu gewähren, ist klein und arm und ohne jede Schönheit, aber berühmt für die brutale Hinterhältigkeit ihrer Bewohner; ich brauche mich nur als Flüchtling vor dem Gesetz zu erklären, um willkommen zu sein und als Leidensgefährte aufgenommen zu werden. Erst in diesem Augenblick sehe ich deutlich, wie unselig meine Lage ist; ich finde Frieden – und dies ist zweifellos Friede – unter Totschlägern, Zuhältern, Auftragsmördern und nichtswürdigen Frauen; ich fühle einen bitteren Frieden, wie nur der Umgang mit der Sünde ihn gewährt. An dieses Dorf habe ich nur nächtliche Erinnerungen; wahrscheinlich bin ich nur eine Nacht dort gewesen oder habe vielleicht nur nachts gewagt, mich auf der Straße zu zeigen; in diesem Dorf kann ich mich an kein Licht erinnern, das nicht von Laternen kam; wunderlich gekleidete Männer grüßen mich wie einen der Ihren; sie würden mir Arbeit verschaffen als Halsabschneider, Beutelschneider, Fälscher; aber ich möchte nicht bleiben; wüßten sie mir einen Ort zu nennen, wo ich Unterschlupf finden könnte, geschützt vor der Wut einer Stadt, die meine Vernichtung will? Ein alter Mann, der das Gesicht im Schatten einer Lampe verbirgt, spricht mir zum ersten Mal vom Sumpf.

3 Es ist, dieses, nicht einfach ein Sumpf, sondern in irgendeiner Weise der endgültige Sumpf, ein Ort, so wird mir gesagt, in den kein Schöffe oder Scharfrichter je einzudringen wagte, ein Ort, den man nur schwer betreten und unmöglich wieder verlassen kann; wo ich in Sicherheit sein werde, aber absolut einsam und für immer jedem menschlichen Verkehr entzogen. Wünschte ich nicht, für den gerechten fleischlichen Verkehr, eine junge Kindsmörderin mitzunehmen? Ich schüttle den Kopf. Ich wünsche nichts weiter als einen Zufluchtsort, der die unbarmherzigen Hände der Gerechten von mir fernhält. In den Sumpf zu gehen wagen nur solche, die so heillose Taten begangen haben, daß sie von den Göttern verlassen und den Menschen verhaßt sind. Ist also schon vor mir jemand zum Sumpf gegangen? Die Antworten sind vage: vor vielen Jahren ist vielleicht jemand hingegangen, aber es ist nicht gesagt, daß es ihm gelungen ist, einzudringen; denn auch das Betreten des Sumpfs ist überaus gefährlich. Ich frage, ob Pfade existieren, auch enge, unwegsame; man sagt mir, daß der Sumpf nicht stillsteht und daß es Pfade gibt, die sich aber von Tag zu Tag verändern, oder wenigstens von Monat zu Monat; es ist auch nicht sicher, daß man sie zuverlässig erkennt. Gibt es Führer? Nein, es gibt keine Führer, weil niemand sich tiefer in den Sumpf hineinwagt, dorthin, wo es nur Sumpfgräser, Pilze, Würmer, Nattern und winzige Tiere gibt, und wo der Boden mal standhält, mal den abenteuerlustigen Füßen nachgibt. Wenn jemand es mit dem Sumpf auf-

nimmt, dann weiß er, daß niemand ihm helfen wird, daß niemand seine Hilferufe hören wird, wenn es geschieht, daß er im Schlamm versinkt. Gibt es keine Karten, keinerlei Schilder? Der Alte, im Schatten der Lampe verborgen, spricht jetzt wieder: zum Sumpf hinzugehen, ist nicht schwer, ja es ist sogar fast unvermeidlich, die Gefahr liegt aber gerade darin, daß man den Sumpf erst bemerkt, wenn man schon drin ist, und zwar schon zu weit; man betritt ihn durch einen lichten und freundlichen Wald, man geht weiter, fast wie bei einem Ausflug, einem ruhigen Spaziergang zum Wohl der Gesundheit. Sagen die Ärzte nicht, daß die Waldluft der Gesundheit guttut, daß sie die Lungen stärkt, die Nerven beruhigt und dem schwierigen Schlaf dessen aufhilft, der mit Schuld und Verbrechen vertraut ist? Der Fuß signalisiert nichts Anomales, man geht weiter, und erst dann, wenn der Fuß zum ersten Mal ausrutscht, merkt man, daß man schon ziemlich tief im Sumpf drin ist; wehe dem, der sich nun ruckartig umdreht, um zurückzugehen; denn die Bewegung des Fußes würde einen Schlund aufreißen, dem sich niemand entziehen könnte; man wird also weitergehen müssen und den Sumpf so behandeln, als wäre er etwas Lebendiges, und zwar bösartig lebendig, etwas, das man zu täuschen versuchen aber nicht herausfordern kann. Man muß sich seitlich Stück für Stück fortbewegen, ohne den Sumpf je merken zu lassen, daß man fliehen möchte, oder man muß einfach vorwärtsgehen und auf die Gunst des Bodens vertrauen, der manchmal, ohne daß man den Grund versteht, fest wird und den Weg zu unterstützen scheint. Hat der Sumpf einen Namen? Ich denke an jene Gottheiten, die ich beleidigt haben soll. Nein, der Sumpf hat offenbar keinen Namen, oder wenn er einen hatte, dann ist es frevelhaft geworden, ihn zu nennen; man kann ihn nicht dulden, es ist der Name des Vergessens und des Schreckens. Möchte ich mich also wirklich in den Sumpf begeben? Möchte ich nicht lieber in jenem Dorf bleiben, wo die Gerechtigkeit nicht wagt, ihre Tribute zu fordern? Ich wage nicht mehr, bei den menschlichen Wesen zu bleiben, ich fürchte die Gerechtigkeit der Gerechten und die noch anspruchsvollere der Ungerechten; ich wünsche die Flucht. Wird mir jemand den Weg dazu zeigen? Der Alte begleitet mich aus dem rauchigen Zimmer und zeigt mir einen Weg, einen Pfad, der für mich und das Pferd geeignet erscheint; und siehe, in dem Augenblick, als ich mich verabschiede, sagt der Alte mir diese Worte: »Wenn es dir gelingt, bis ins Zentrum des Sumpfs vorzudringen, dann findest du dort ein Haus; es ist leer, die Türen sind offen, es wird dein Haus sein.« Wer hat dieses Haus gebaut? Wie war es möglich, es im Zentrum des Sumpfs zu bauen? Der Alte wiederholt: »Im Zentrum des Sumpfs, falls es dir gelingt, es zu erreichen, findest du ein Haus. Es ist meins.« Möchte er mir vielleicht sagen, daß ich nie bis ins Zentrum des Sumpfs vordringen werde, und daß das unmögliche Haus nicht existiert, oder daß es, wenn es existiert, ebenfalls unmöglich ist – etwas, das kein menschliches Wesen, und sei es noch so schuldig, je erreichen kann? Vielleicht wurde es gar nicht von Menschenhand gebaut, vielleicht ist einer der Götter dieses Mörderdorfs in den Sumpf geflohen und hat dieses unbetretbare Haus für sich gebaut? Der Alte hört mir zu und lacht kaum merklich. Vielleicht hat ein Gott jenes Haus gebaut, aber ein einzelgängerischer, verächtlicher, zänkischer und düsterer Gott, der sich – fast wie ein Schuljunge oder ein Zögling in einem Internat – unwohl gefühlt hat unter den ehrlichen, moralisch engagierten Mördern in dieser auf Riten beruhenden Gesellschaft oder Gemeinschaft.

4 Ich habe jetzt ein Pferd. Es ist kein schönes Pferd, aber vielleicht ist es gar kein Pferd; könnte es nicht eine Kreuzung zwischen einer Stute und einem außerirdischen Wesen

sein? Denn ich weiß, daß es Götter gibt – so hieß es wenigstens in der Stadt, aus der ich geflohen bin – die vorübergehend Tiergestalt annehmen; auch Pferdegestalt. Dieses Pferd defäkiert nicht, uriniert nicht, und scheint weder Durst noch Hunger zu haben; es wiehert nicht und läßt sich nicht in die Augen sehen; es ist folgsam, aber vielleicht bin auch ich es, der seinem kräftigen Körper folgt. Ich streichle sein seltsam glänzendes Fell, und es zeigt keine Regung, weder von Abscheu noch von Zustimmung; der Alte sieht es aufmerksam an, bestaunt es, sagt kein Wort; und verläßt mich mit einer Art seltsamer Hast. Ich besteige das Pferd und reite los. Ich weiß, daß ich mich auf den Sumpf zu bewege, aber ich weiß auch, daß es keinen Punkt geben wird, wo ich sagen kann: »Hier vor mir beginnt jetzt der Sumpf«; ich kann noch entscheiden, umzukehren und mich jener Bande von liebenswerten Übeltätern anzuschließen; ich weiß, daß ich an einem bestimmten Punkt wissen werde, unwiederbringlich im Sumpf zu sein; ich werde es wissen, wenn es zu spät ist. Warum zögere ich nicht? Warum beschließe ich nicht, daß es klüger ist, weiter ein ehrlich verbrecherisches Leben zu führen, oder umzukehren und mich dem Scheiterhaufen, dem Galgen jener vornehmen Stadt auszuliefern, aus der ich geflohen bin? Ist es, weil ich genau in dem Augenblick, als jemand mir vom Sumpf erzählt hat, gespürt habe, daß dieser Ort mir in unsinniger Weise vertraut und zugetan war, als ein Ort, den nur ich würdigen und frequentieren konnte? Hatte ich nicht auf ein feindliches und ins Böse gewendetes Vaterland verzichtet, um mir ein zugleich schreckliches und mildes Vaterland zu suchen – einen Ort, an dem ich mich vielleicht verirren würde, der aber keinerlei Bedürfnis nach Bestrafung oder Gerechtigkeit mir gegenüber hätte? Vielleicht ging ich auf mein Grab zu, aber es war auch nicht unmöglich, daß es wirklich ein gastliches und mildes Haus war; vielleicht hat mich dieses verführt: das Gefühl, daß der Sumpf – dieser weiche, schlaffe, wäßrige, von unvorhersehbaren Pfaden durchzogene Ort – auch ein zuinnerst milder Ort war, ein Sitz der Weichheit, der

Wehmut, mit einem Hauch von Zerfall, halb verfault wie das Fleisch einer riesigen Frucht, die ihre Reife schon ziemlich lange überschritten hat. Oh mein modriger Rastplatz, mein toter Tümpel, Fäulnisgeruch von verrotteten Gräsern, von toten Tieren, mein zärtliches Moor, Gott vielleicht oder Göttin, oder wäßriges Tier, fauliger, feuchter und schlaffer Schlamm, mein Vaterland, meine Rast. Und da weiß ich es plötzlich: jetzt bin ich im Sumpf; und das Pferd geht weiter.

5

Obwohl ich noch immer am Rande des Waldes verharre, weiß ich, daß ich schon seit längerem und nunmehr endgültig in den Raum des Sumpfs eingedrungen bin; ich lasse das Pferd langsam weitergehen, schiebe ein paar Zweige zur Seite, und entdecke vor mir, in seiner ganzen Weite, den Sumpf. In Wahrheit enthüllt sich mir an diesem Punkt meines Wegs der ganze Horizont als Sumpf – eine unstabile, mehr oder weniger wäßrige Fläche, eine graue Ebene mit allen Arten und Weisen von Grau, mal nahe beim Schwarz, mal schleimig und weißlich; der Sumpf ist kein zusammenhängender Raum, man entdeckt vielmehr mühelos, wenn man ihn untersucht, abgetrennte Bereiche, gleichsam dunkle und schweigsame Nationen im Inneren eines Kontinents. Langsame Bewegungen unterschiedlich schlammiger Wasser vermischen sich und bilden kurze Strudel, sofort wieder aufgelöst; anderswo steht das Wasser still, aber wer genauer hinsieht, entdeckt fortgesetzte Schauer, ein Zittern des Sumpffleischs, ein Wiederhochkommen von Blasen, wäßrige Gluckser, schlammige Atemzüge; doch dahinter taucht eine Insel auf, ein Stück Land, wie man es in Lagunen findet, ja das Ganze erscheint jetzt wie ein Gewebe aus Sümpfen, Gräben, Lagunen und Tümpeln, eine große, wunderbare Zersetzung, die mit einem intensiven, finsteren Frieden einhergeht, etwas Düsteres und zugleich Befriedetes; so als läge der Sumpf jenseits des Landes, aus dem ich fliehe, doch dieses Jenseits wäre nur erreichbar dank diesem weisen Zerfall.

Zwischen den verschiedenen Bewegungen und Tätigkeiten des Wassers entdeckt man Büschel von Schilfrohr und Binsen, Sträucher, die ich nicht kenne, auch schmalstämmige Bäume mit kränklichen Blättern, wie vom Sumpffieber befallen, das seinen Dunst in diesem Königreich des Moders verströmt; und wenn ich den Blick senke, bemerke ich, daß es im Wasser von winzigen Tieren wimmelt – Insekten, Würmer, Raupen, geflügelte Ameisen, Skorpione – und mir scheint, ich bemerke eine schnelle, schweigsame Natter; und dies wird mir jetzt klar: daß die Verwesung dieser fauligen Erde sich bis ins kleinste genau vollzieht – eine Miniatur des Zerfalls – und ich frage mich in frommer Torheit, ob nicht eine umfassende Volkszählung dieser unendlich vielen winzigen Tiere existiert, die den Sumpf bevölkern, jedes Tier mit seinem Namen.

Und dann entdecke ich, mit verspätetem Staunen, noch etwas anderes: das Licht. Da ich auch jetzt wieder aus einer Nacht komme, kaum angekratzt von harzigen Fackeln, habe ich mir vorgestellt, daß der Lichtschein, der dieses Marschland einhüllt, eine Morgenröte sei; aber bald habe ich gemerkt, daß dieses Licht, unstet und gleichzeitig ungewohnt – ein ärmliches aber angemessenes Licht – nicht vom Himmel kommt, sondern von einer Art umgestülptem Sumpf, der über dieser grenzenlosen Wasserfläche hängt. Das, was den Sumpf überdeckt, sind keine Wolken, sondern eine mir unbekannte Art von Himmel, wenn es ein Himmel ist, eine ungleichmäßige Fläche, so wie der Sumpf ungleichmäßig ist – aufgehängt über meinem Kopf. Das Vorbeigehen der Zeit skandiert nicht ihre Zeiten: wie ich später lernen werde, gibt es nächtliche Momente und solche, die ich dann Tagesmomente nennen werde; aber diese Zeiten wechseln in unregelmäßiger Weise, Gesetzen folgend – wenn es sie gibt – die ich nicht kenne. Jetzt sehe ich nur dieses: daß der Himmel – dieser Himmel, der kein Himmel ist – den ganzen Raum über dem Sumpf bedeckt; vielleicht schiebt er sich zwischen den Sumpf und den Himmel, wie ein künstlicher Theaterhimmel, der einen anderen Himmel – wenn er existiert – in Schach hält.

Ich verstehe jetzt, was man mir gesagt hat: daß es unmöglich ist, eine Karte vom Sumpf zu zeichnen; wenn ich nach dem Erforschen des Himmels die Augen senke, sehe ich einen Sumpf, der mir gänzlich neu, unverständlich, fremd erscheint. Die Inseln sind verschwunden, und eine große dunkle Sandbank bedeckt jetzt den Abschnitt des Sumpfs, der vor mir liegt; und ich bestaune ihn fast wie einen aus dem Wasser aufgetauchten Kontinent; das was ich Sandbank genannt habe, ist in Wirklichkeit eine Insel, und auf dieser Insel sehe ich ein Gewimmel von Eintagstieren; ich glaube zu sehen, wie verwesende Schmetterlinge sich zum Flug erheben und sofort zerfallen; und vor mir im Wasser schwimmen Wurm- und Insektenfetzchen, die sich in Grasfäden zersetzen, angstvoll begierig, quirlige Atome eines überstürzten Lebens zu werden; dort wo die kurzen Strudel waren, öffnet sich jetzt ein riesiger schweigender Schlund, etwas, das vielleicht suggerieren möchte, daß der Sumpf zu einer eigenen Großartigkeit fähig ist; und wirklich grüße ich nun das Königreich des Sumpfs und bewerbe mich als Untertan und Höfling. Und so dringe ich denn, als Bruder dieser Insekten, dieses frommen Gewürms, dieser schweigsamen Nattern und fast flüssigen Schlangen, dieses schneckigen Wassers, silbern und tot, dieser verfaulten und lebensvollen Fläche, dieses Königreichs ohne Monarch – so dringe ich denn, mein Sumpf, in dich ein, geschehe was geschehen muß; denn ich bin nicht anders als die winzigen Eintagstierchen, die aus diesem wunderbaren und schrecklichen Raum einen Friedhof und ein Nest machen, einen zeugenden Schluß.

6 Mit einer Art Freude, einer streitlustigen Fröhlichkeit versuche ich mit den Augen einen Pfad zu entdecken; aber was ist wohl ein Pfad in diesem weichen und wäßrigen Raum? Ich kann nicht hoffen, etwas zu finden, das einem soliden Weg gleicht – ein festes und fortlaufendes Terrain, dem ich mein Gewicht und das des Pferdes anvertrauen könnte. Mir scheint, als entdeckte ich unter der Oberfläche des weniger tiefen Wassers eine Spur von Grund, aber ich kann nicht erkennen, ob es sich um beweglichen Sand oder festen Grund handelt, und ich weiß nicht, welche Dauer eine beliebige Zeichnung des Bodens hier hat. Das Pferd; ich kann nicht ernstlich hoffen, irgendeine Route in dieser Wasserlandschaft zu erkennen – das ist nicht Aufgabe eines Menschen; aber könnte ich dieses Unmögliche nicht dem geduldigen, brüderlichen Auge des Pferdes anvertrauen? Ich streichle seinen geschmeidigen und mächtigen Hals und sporne es an, komme was wolle. Habe ich mich nicht als Bruder der Würmer erklärt? Das Pferd zögert; ich spüre wie es nachdenkt, fast als suchte es sich einen Weg; und sieh da, es setzt sich langsam in Bewegung, beginnt zu laufen, seine Hufe berühren schon das Wasser, wir gehen durch den Sumpf. Langsam bewegt das Pferd sich fort, nur die Hufe sind unter Wasser, es bewegt sich langsam fort, ich müßte fast sagen, es segelt im Wechselschritt; wir sind jetzt allseits vom Wasser umschlossen, vielleicht behütet. Ich spüre, wie das Pferd ohne Zögern weitergeht, seltsame Volten beschreibt, immer wieder vom geraden Weg abweicht; manchmal taucht ein Bein bis zur Hälfte ein, steigt dann mühelos wieder heraus, wir gehen weiter, und ich bin, wie geargwöhnt, der Diener meines Pferdes, ich gehorche ihm, und ich frage mich, da es sich fortbewegt, wohin es sich eigentlich fortbewegt, denn es gibt keinen Zweifel, mein Pferd geht vorwärts als verfolgte es ein Ziel, als hätte es ein Programm, eine Route, und schließlich, ich muß es wohl sagen, als wäre dieser Ort ihm gewohnt und vertraut, als wäre es selbst das höchste aller Tiere, die hier verkehren, vielleicht als einziges kein Eintags-

tier, ein mächtiges Vieh, ein königliches Raubtier, vielleicht ein ewiges; oder aus einem Geschlecht von Sumpfpferden stammend, halb Land- halb Moortier, einem Geschlecht, das die Unbeständigkeit des Plans, die erratischen Routen des Sumpfs nicht scheut.

Lautlos entwickelt, wählt, ebnet sich dieses Pferd, das nicht wiehert, sich nicht aufbäumt, einen Weg, der nur ihm bekannt ist, der ihm aber gehört, ihm allein, und von dem ich, als Verwandter aber nicht Herrscher der Würmer, nichts weiß. Während das Pferd weiter seinen bizarren aber kohärenten Weg durch den Sumpf verfolgt; während ich, die Hand zerstreut am Zügel, hin und her schwanke und mich selbst als etwas empfinde, das auf diesem unergründlichen Schlammuniversum schwimmt; während ich mit wohlig müßigem Auge, seltsam zuversichtlich, in den Wasserfalten der Gräben, der schleimigen Haut der Pfützen, dem Gären der Teiche eine Bevölkerung winziger Wesen sehe, ohne Stimme, aber gewiß voller Pläne, empfänglich für die Schwankungen der Zeit, fähig zu Liebe und Schrecken; Wesen, die ich im Gären der Wasseroberfläche kaum bemerke, die aber vielleicht Augen, Geschlechtsteile, Gaumen und Namen haben; während ich weitergehe, als Neuankömmling nicht feindlich aber vielleicht mit Verwunderung empfangen, muß ich mich notgedrungen fragen, wohin mein Pferd bloß mit solcher Sicherheit geht, oder vielmehr ich, sein Reiter. Das ist eine schöne Frage, und ich lasse sie mir ein wenig genüßlich, beinah belustigt auf der Zunge zergehen; so als fragte ich mich, wie der Stall eines solchen Pferdes beschaffen sein könnte, wo es vielleicht über Ruhe und Nahrung meditiert. Aber vielleicht kennt dieses Pferd, das ich mit diesem Gebiet vertraut und dieses unwegsamen und gastfreundlichen Orts nicht unkundig wähne – vielleicht kennt dieses Pferd auch schattige Schluchten, lagunare Ruheplätze, weiche, zur Rast einladende Pfuhle, und es ist auch nicht unmöglich, daß es nicht ganz unstabile Inseln gibt, wo Gräser wachsen, von denen es und ich uns ernähren können, oder Tiere, die sich bereitwillig verschlingen lassen, zarte, schmackhafte Gerinnsel von Lymphe und blassem Blut. Wenn wir noch lange weitergehen – ich weiß nicht, was lange überhaupt bedeutet in diesem Sumpf, wo die Zeit zerbröckelt und sich mit Schlamm beschmutzt – wenn wir also weit genug gehen, könnten wir dann nicht denkenden Tieren begegnen, vielleicht anderen menschlichen Wesen, vielleicht anderen Gotteslästerern, Tempelschändern, Gewalttätern gegen die Götter, die hier irgendeinen Frieden suchen, einen Platz, wo die Abwesenheit von Tempeln den brutalen Verkehr mit den großen unbegreiflichen Gesichtern der numinosen Tiere nicht ausschließt? Oder sogar ihnen selbst, den von mir numinos genannten Tieren, zur Erinnerung an einige Extravaganzen des Kults, praktiziert in der Stadt, aus der ich geflohen bin? Ich bin nicht sicher, ob an diesem Ort, in dieser feuchten und trübe lebendigen Erde, die Krümmung der Erde sich fortsetzt, ob auch der Sumpf ein Planet ist; ich denke an jenes seltsame, ungleichmäßige Licht, das sich einmal verfinstert, ohne Nacht zu werden, ein andermal aufhellt ohne solar zu sein; und ich frage mich, ob diese wäßrige Ebene nicht mit den geheimen Rhythmen ihres seltsamen Herzens dieses Licht aus sich selbst heraus erschafft, das sie teils erhellt, teils verhüllt, ein Augenlid des Leuchtens, das nie entschleiert, nie blendet. Getragen vom Rhythmus eines Ritts, dem ich mich mit der Freudigkeit einer verliebten Geisel überlasse, gestatte ich mir jünglingshafte Phantasien darüber, was dieser Sumpf wohl in sich birgt, und ob er sich überall gleich ist, so wie ich ihn hier betrachte, oder ob er sich nach und nach in einen sumpfigen Stern verwandelt, einen Malariaort, wo wir, ich und das Pferd, überleben können, letzteres dank seiner seltsamen aber unzweifelhaften Verwandtschaft mit diesem Ort, und ich, weil womöglich – ich frage mich das – mein Wesen, das ich als blasphemisch bezeichnet habe, und meine Berufung zur häretischen Bosheit in mir nicht wirksam werden, außer als Schutz gegen die giftigen Ausdünstungen des Sumpfs; denn es gibt Orte, wo nur die Ruchlosen überleben können. Und ich kann in der Tat nicht umhin zu bemerken, wie die Luft, die ich atme, sich verändert und dumpfe Aromen entwickelt, die etwas von dem modrigen Algengeschmack der Austern haben, so als würzte diese ganze Zersetzung die Luft mit einer Art mürbem Parfum, einem noch nie woanders erlebten Duft, den ich einatme und als mir hochgradig wesensverwandt erlebe. Ich habe den Eindruck, in eine prunkvoll giftige Landschaft einzudringen, wo meine Integrität von dem wohltuenden Zerfall, der mich umgibt, behütet wird, und ich verstehe, daß hierher, wo ich jetzt bin, und wo ich weitergehe, mir kein menschliches Wesen, gerecht oder ungerecht, mehr folgen kann, und daß ich nun alle Garantien der Fäulnis genieße und in Sicherheit bin, jedem Urteil entzogen, unberührbar für fremde Hände, und so beschaffen, daß keine Stimme mich erreichen kann. Dies, das begreife ich jetzt, ist die Luft, die mir entspricht, und ich verstehe jetzt auch mein heftiges Verlangen, mich von allem zu lösen, was sich im menschlichen Sinn meiner Aufmerksamkeit darbot, sei es dem Grauen der Gerechtigkeit, sei es der Schamlosigkeit der Halsabschneider, auch wenn diese – ich würde nicht wagen, das zu bestreiten – sich doch stets auf dem Weg zum Sumpf befunden haben, von dessen Existenz die gerechten Meister der Scheiterhaufen nichts wissen. Ist dieser unbewohnbare Raum meine Heimat? Und finde ich nicht sogar Gefallen an dem lächerlichen Pathos dieses so ehrlich schulmäßigen Worts?

7

Und wieder befrage ich mich, während ich weitergehe: welches ist die Natur dieses Sumpfs, wie ist er beschaffen? Ich habe ihn als Königreich bezeichnet: dann wären diese Würmer, diese schlüpfrigen Insekten und winzigen Reptilien also seine Untertanen oder vielleicht geradewegs seine Höflinge. Es gibt eine Art von sanfter Unterwerfung, von Ergebenheit bei diesen Tieren, denen ich, mehr noch als fremd, unsichtbar erscheinen muß. Ein stiller Schmetterling, oder vielleicht eine Motte, schwebt vor mir her, und ich vermute, daß sie mich auskundschaftet, vielleicht wurde sie von jenen Wesen, deren Namen ich nicht kenne, hergeschickt, um herauszufinden, wer im Begriff ist, in dieses Gebiet einzudringen, dem man eine unerreichbare Würde unmöglich absprechen kann. Aber ich glaube, daß die Motte, dieses schmutzgraue Flügelfetzchen, auf ihre Weise mein Pferd befragt; und wer weiß, ob ich mich täusche, wenn es mir vorkommt, als bewege das Pferd seine Ohren, fast wie in einem für das Wissen der Motte unentzifferbaren Alphabet. Und da fliegt sie auch schon wieder hinunter, um sich mit den glatten Reptilien zu unterhalten. Aber es gibt noch anderes in diesem Sumpf, das mich fasziniert und verwirrt. Was ist dieser wabernde Schleim, diese Jauche, die sich kräuselt wie eine kurze Welle, aber ohne Wind? Ist es ein lebendiges Wesen oder eine Föderation von irgendeine Art Leben lebender Wesen? Oder ist der gesamte Sumpf die Ausbreitung einer flüssigen Existenz, etwas, das hier, nur hier, einen geeigneten Platz für seine Geburt finden konnte? Obwohl es hier keine konzertierenden Klänge gibt, ist der ganze Sumpf von leisem Geknister, glitschigem Membrangezitter, Schlangengeraschel, Geflüster aufbrechender Kokons und unsichtbarem Flügelbeben durchzogen. Oh Ort des geringsten Lebens, Ort der Insekten, deren Namen und Schicksale die Götter kennen, Ort der unendlichen Geburt und des unzähligen Todes! Deine entartete Milde verführt mich; weise mich nicht zurück, in meinem Menschenkörper sitzt eine winzige Krötenseele, oder auch weniger, ich bin das blinde Kind eines Aals, und weißt du auch, daß ich bereits dabei bin, meinen menschlichen Namen zu vergessen? Weißt du auch, habe ich gesagt, aber was bedeutet das, an wen richte ich diese Frage? Werde ich je jemandem begegnen, mit dem ich mich unterhalten und über meinen Zutritt zum Sumpf verhandeln kann? Welche Gestalt kann der Gott haben, der den Sumpf regiert? Oder gibt es keinen Platz für einen Gott, nur für dieses massenhafte Würmergewimmel, und der Gott ist nichts anderes als die Gesamtheit der Würmer? Ist der Sumpf eine Wunde im Körper des Universums, oder ist das Universum nichts weiter als ein niederträchtiger Versuch, den Sumpf zu umzingeln und ihn von den Tagen und Nächten, den Gerechten und Ungerechten, dem Licht und den Sonnen auszuschließen?

8 Ich beobachte den Gang des Pferdes, es gibt keinen Zweifel, es folgt einem Weg, der ihm entweder bekannt ist, oder den es während des Laufs nach und nach wiedererkennt; ich fühle bei ihm weder Unsicherheit noch Angst, es ist ein äußerst selbstsicheres Pferd, das auch der Welt vertraut, durch die es läuft, obwohl ich bezweifle, daß es richtig ist, es ein Pferd zu nennen. Während ich weiterreite, schaue ich mich um und merke, wie schnell die Sumpflandschaft sich verändert; aber ich verstehe nicht, ob es sich um die natürliche Wandlung einer Umgebung handelt, in der man sich rasch fortbewegt, oder um ebenso rasche Veränderungen beim Sumpf selbst, von dessen Unstabilität und zugleich Kohärenz ich nur eine ungenaue Vorstellung habe: ich bemerke in der Tat das Wechseln der Strömungen, das Sich-Ausdehnen der Pfützen, oder das Auftauchen oder Untertauchen nasser Sandzungen; aber wie weit sich das alles im Ganzen verwandelt, so daß von Mal zu Mal ein neues Sumpfbild entsteht, das ist schon schwerer zu verstehen, vielleicht unmöglich für ein menschliches Wesen. Manchmal erscheint er mir, mehr als nur flach, plattgedrückt wie ein großer auf den Boden gepreßter Bauch; manchmal erscheint er mir bedrückt, so als beun-

ruhigte ihn irgendein innerer Wind, vielleicht ein Schlammsturm; ich habe manchmal den Eindruck, daß ein großes Tier am Boden kauert und mit seinem riesigen Rücken zuckt, und ganz hinten, auf der Linie dessen, was ich anderswo Horizont nennen würde, entdecke ich etwas, das mir wie ein Dünenstreifen erscheint, so als setzte der Sumpf sich selbst bestimmte Grenzen; aber da sind es schon keine Dünen mehr, jetzt zieht sich ein einziger Streifen wie eine Lagunenzunge in die Länge, um den Hintergrund lückenhaft zu schließen. Alles um mich herum ändert sich, und meine Kraft liegt in diesem Ich-selbst-und-das-Pferd-Sein, dieses geheimnisvolle aber mächtige Pferd, das mich führt, oder mich transportiert, oder, so würde ich gern sagen, mich überträgt, so als wäre ich ein Hörensagen, ein Geraune, eine ungenaue Botschaft, weiterzugeben an Wesen, die geeignet sind, sie zu empfangen. Jetzt hat es keinen Sinn mehr, sich zu fragen, wieviel Sumpf ich schon hinter mir gelassen habe, wieviel noch vor mir liegt, und auch nicht, ob dieser Sumpf einen Rand hat, eine Grenze, ob er endet und wie und wo, und worauf er hinausschaut, auf etwas anderes, von dem ich nichts weiß, und das vielleicht auch wieder ein Sumpf ist. Aber ich frage mich, ob das nur eine Einbildung ist, oder ob das Pferd wirklich seinen Schritt gewechselt hat und jetzt langsam geht, aber nicht mit dem Gang von jemand, der müde oder unsicher ist, sondern von jemand, der sich bewußt ist, eine schwierige Mission zuendegeführt zu haben; zuendegeführt, sage ich, zugleich mit Kraft und mit Schläue.

9 In dem Augenblick, wo das Pferd seinen Schritt verlangsamt und sich offenkundig anschickt stehenzubleiben, merke ich, daß das, was mir als die veränderliche Sumpflandschaft erschienen war, ein großer unsteter Dunststreifen ist, und ich spüre beim Einatmen die zarten Miasmen die großzügigen und einfallsreichen Höllendünste, die schweren und feierlichen Modergerüche dieser verfaulten und königlichen Welt; die Dämpfe, von nah und fern, skizzieren unablässig hypothetische Gebäude, sofort wieder aufgelöst und neu zusammengesetzt zu einer Gebirgskette oder auch einer Menge ebenso schweigsamer wie riesiger Tiere, die im Gleichschritt marschieren; aber Winde, von denen ich nicht weiß, woher sie kommen, zeichnen immer neue Alphabete, Ideogramme, Embleme in die Luft – ebenso vertrackt enigmatische wie vergängliche Bilder, die eine schlagartige Auflösung, ein Zergehen in einer plötzlichen und köstlichen Bö erfahren. All das, dieses Bauen und Einreißen, dieses Entstehen und Zerfallen, geschieht in einem Moment vollkommener Stille, so als wäre ich in einen heiligen Moment am Anfang der Welt verwickelt, als es den Plan für die Geräusche noch nicht gab. Jetzt befinde ich mich im Zentrum dessen, was ich als köstliche Bö bezeichnet habe, und ich frage mich, warum ich es als solche empfunden habe, und meine Antwort ist, daß ich diese Bewegungen des Windes, besonders diejenigen, die um ihr eigenes Zentrum kreisen, als Zeichen einer zufälligen Huldigung erlebe, so als hätte ich mit der Wahl des Sumpfs den höchsten Sitz der Ehren für mich gewählt; und ich frage mich, ob dieser Körper, an den ich gewöhnt bin – vertraut und wechselhaft zugleich – nicht die unbeständige und windige Eigenschaft einer Flocke, eines Dunsts, eines Wolkenfetzens, eines Windstoßes angenommen hat oder gerade annimmt, und ob ich mich nicht, als künftiger Sumpfbewohner, diesem Gewusel, diesem zarten und luftigen Existieren anpassen muß, um schließlich – ich als menschlicher Körper – nichts anderes zu sein als ein mühseliges Intrigengeflecht aus Schimmel, Höllendünsten und

Schneckenschleim; und so hätte ich denn, phantasiere ich weiter, eine unbekannte Leichtigkeit erworben, die mir gestattete, mich – dank meiner neuen schütteren Kompaktheit – auf diesem wäßrigen und wankenden Boden fortzubewegen, und dies mein rätselhaftes Roß – so will ich es künftig nennen, nicht mehr Pferd – könnte dann gut auch eine riesige verkleidete Raupe sein, oder eine Verbindung von fuchsroten Faltern, von einem roßgestaltigen Künstler gestaltet.

10 Jetzt erinnere ich mich: jemand hatte mir von einem Haus im Herzen des Sumpfs fabuliert. Vielleicht im Zentrum? Aber hat der Sumpf überhaupt ein Zentrum? Das Haus, jetzt sehe ich es, ist eine nackte Konstruktion, wahrscheinlich aus Holz, und ich erkenne deutlich die Türen, alle offen, ja in exhibitionistischer Weise aufgerissen, weniger als Einladung als gleichsam zum Zeichen der Ergebung. Alle Türen: in Wirklichkeit entdecke ich nur zwei, und auch Fenster, alle angelehnt, und wenn ich eine Botschaft aus diesem Zeichen herauslesen wollte, dann wäre es die, daß das Haus leer ist, ohne Hinterhalt und für alle verfügbar, die es betreten möchten, ja daß es sich sogar freut, und sich dem, der es betreten möchte, bereitwillig hingibt. Und trotzdem erschreckt mich etwas. Ich wage nicht, vom Roß zu steigen und betrachte das Sumpfhaus mit einer Angst, die an Entsetzen grenzt. Wer hat dieses Haus gebaut? Jemand – der Alte aus dem Mörderdorf – hatte mir gesagt, daß, »jemand« in den Sumpf eingedrungen sei. Jemand mir ähnlicher, von denselben Schrecken und Hoffnungen bewegt? Jemand, dessen Körper, wie es vermutlich auch meinem geschehen kann, Moder und Nebel und Bö geworden ist, kurzum, dessen Körper Sumpf geworden ist,

liegt also hingestreckt, breitgezogen und plattgestrichen über dem unendlichen Sumpf? Und wann sollte denn dieser Jemand – wenn seine Geschichte nicht nur eine Sage ist – wann und durch welche List sollte er – vielleicht gleichfalls von einem Roß geführt – ins Herz dieses Landes eingedrungen sein, das zu durchqueren für alle unmöglich ist, die nicht vom Geschlecht des Sumpfs abstammen? Aber wenn niemand eingedrungen ist, wie ich mir in Wahrheit wünsche, denn ich fürchte alles, was menschlich ist – wer hätte dann wohl dieses Haus gebaut? Ich habe schon mehr als einmal von der Existenz verborgener Götter in diesem unbetretbaren Land phantasiert, und jedenfalls wäre es ein Leichtes, sich ein Bauwerk vorzustellen, das von der einfallsreichen Mühe eines Gottes errichtet wurde; ich kann aber nicht leugnen, daß ich für diese Götter und ihre Existenz keinerlei Hinweis habe; sollte ich glauben, daß das Haus sich selbst gebaut hat, dank eines baulichen Willens, der sich im Lauf der anomalen Zeit, die in diesen Breiten herrscht, offenbart haben könnte? Denn ich weiß absolut nicht, wie lange ich schon unterwegs bin, und es ist nicht unmöglich, daß nicht etwa nur irdische Jahrhunderte, sondern irdische Jahrtausende vergangen sind, und daß das, was mir als Haus erscheint, nur eine bizarr geformte Zusammenballung ist, ein Magazin von Materialien, verbunden durch eine Sympathie, die hier, nur hier wirksam ist, und von der ich nichts weiß, auch wenn ich sie aus dem unendlich formenden und verwandelnden Willen, den der Sumpf mir bewiesen hat, gewiß erraten könnte.

Aber ich kann nicht bezweifeln, daß dies ein Haus ist – genau wie ein Menschenhaus ohne jede Verbindung mit dem Sumpf – und daß ich jetzt auf die einfache und beleidigende Frage antworten muß, ob ich es wagen werde, in das Haus einzutreten, oder falls ich mich vorsichtshalber für nein entscheide, wohin ich dann eigentlich gehen will. Lächerliche Alternative: da der Sumpf von seiner Struktur her kein denkbares Ziel hat, das Roß aber nicht mehr weitergehen will, und da ich es offenkundig in keiner Weise wagen kann, allein einen

Weg fortzusetzen, solange ich nicht sicher bin, Raupe und Pfütze oder sonstiger Sumpfbewohner geworden zu sein – aber dieses notgedrungen langsamen und asketischen Prozesses bin ich mir nicht gewiß – wird es von demütiger Klugheit zeugen, mich weiter dem Haus zu nähern. Aber könnte es nicht doch schon von einem Wesen bewohnt sein, von dem ich nichts weiß? In einem solchen Fall müßte ich aus der Form des so eindeutig menschlichen Hauses schließen, daß es sich um ein wenigstens zu Anfang mir ähnliches, dann vielleicht in etwas anderes verwandeltes Wesen handelt, das ich zwar imstande sein müßte zu verstehen, das mir aber vielleicht fremd wäre und möglicherweise schrecklich. Aber ist es denn wirklich so, wie ich gesagt habe: daß das Haus ganz und gar menschlich ist? Es hat nur ein einziges Obergeschoß und ein schräges Dach, so als könnte es hier schneien, und im oberen Stock, das entdecke ich jetzt, hat es ein Fenster, so breit wie die Wand, beinah ein Aussichtsfenster, wie von jemandem gebaut, der vor allem an dieses dachte: an die methodische Betrachtung – vielleicht aus Liebe zur Wissenschaft, vielleicht aus Liebe zum Bild – ich meine die methodische Betrachtung des Sumpfs. Aber ob nun jetzt jemand dort ist oder nicht: derjenige, der dieses Haus gebaut hat, könnte ein Kartograph, ein Geologe oder ein Maler gewesen sein; aber wäre es nicht auch möglich, daß es von diesem Sumpf irgendeine Theologie gibt, und daß das, worauf ich jetzt zugehe, eine Einsiedelei, eine Zelle, eine abgelegene Mönchsklause ist, einst oder noch heute, bis zur Versumpfung, von einem Eremiten bewohnt, einem Mönch, der sein Leben den Windungen der Lagunen weiht? Und wieso konnte es denn geschehen, daß dieses ganz und gar anomale Terrain überhaupt abgetreten wurde, so als wäre zwischen dem Einsiedler und dem Sumpf ein Vertrag geschlossen worden, als wäre der Sumpf demnach fähig, ein bescheidenes menschliches Gespräch zu führen, als könnte er sich zu uns herablassen und diesem einzigen mir ähnlichen Wesen – aber war es wirklich das einzige? – ein Stück Land abtreten, das der Sumpf verteidigt, aber nicht besetzt? Jedenfalls kann ich nicht davon absehen, noch etwas anderes zu vermuten, das mir irgendwie sogar vernünftiger erscheint: daß das Haus, das kein Fundament hat, in Wirklichkeit eine Art Wasserfahrzeug ist, etwas, das wie ein Schiff auf einem eben erst fest gewordenen Stück Sumpfland liegt, und das so gebaut ist, dieses Schiff, daß es über den Sumpf segeln kann, überall dorthin, wo es eine Verwandlung, eine Neuverteilung von Lagune und Pfützen gibt, kurzum – und das scheint eine vernünftige und einfallsreiche Idee – daß das, was ich hier sehe, ein schwimmendes Haus ist, etwas, das sich fast unmerklich auf den weichen Schlamm stützt – bereit, jedem Erzittern, jeder Veränderung, jedem Abrutschen der Sumpfmaterie nachzugeben. Aber das führt vielleicht zu einer weiteren Frage: da ein schwimmendes Haus nur teilweise menschlich wäre und im übrigen das außergewöhnlich feine technische Können eines Navarchen und Schiffbaumeisters voraussetzte, ist es da überhaupt vorstellbar, daß es sich um einen Einsiedler handelt, müßte es nicht eher ein antiker Seefahrer, ein Entdecker gewesen sein? Aber ich weiß, daß man an diesen Ort nicht aus Liebe zur Geographie gelangt, sondern aus Freude an Erfahrungen, die ich als flüssig, wäßrig, stinkend und dämpfig bezeichnen müßte; und deshalb stimme ich dem zu, daß das Haus auf keinem Grund steht, sondern schwimmt, und daß es jedenfalls im Einverständnis, wie immer man das verstehen will, mit dem Sumpf oder seinen Göttern, wenn es welche gibt, gebaut worden ist, denn das Schiffhaus steht leicht aber tadellos da, es versinkt nicht, es geht nicht unter, ja sogar die Sände, die ihrer nachgiebigen Nässe halber befugt wären, es aufzunehmen und einzuschließen, diese Sände tragen es, oder vielleicht besser gesagt: geben ihm nach; seine Existenz ist einem besonderen Wohlwollen des Sumpfs anvertraut. Dann schwimmt hier also, und kann nur schwimmen, oder existiert nur als etwas Aufgestütztes, ohne Fundament, das hier nicht standhalten könnte, ein Haus, das vielleicht, wenn auch nicht schwimmen, wenigstens über die unendlich wandelbare Oberfläche des Schlamms gleiten kann? Und angenommen es kann, so wie es gebaut ist, wirklich gleiten, tut es das dann aus Entdeckerfreude oder nur, weil die Veränderung des Orts es mit sich bringt? Ist es ein steuerbares Haus oder eines, das nur seiner schlammigen Heimat und deren schwankenden Stimmungen nachgibt?

11

Jetzt, nachdem ich das Haus betreten habe, nachdem ich es durchlaufen habe – das wenige, was es zu durchlaufen gibt – nachdem ich die Treppe zu dem Zimmer im einzigen Obergeschoß hinaufgestiegen bin; jetzt, nachdem ich mich auf den Stuhl im Erdgeschoßzimmer und auf die beiden Stühle im oberen Zimmer gesetzt habe, nachdem ich mir die Karten auf den beiden Tischen angesehen habe und schließlich eins nach dem anderen die großen Fenster untersucht habe – sie befinden sich alle oben – und nachdem ich den einzigen, übrigens leeren Schrank geöffnet habe: jetzt kann ich mit Sicherheit sagen, daß dieses Haus schon bewohnt war, meiner Ansicht nach von einer einzigen Person und während einer Zeit, die ich nur schwer errechnen kann, die aber nicht übermäßig lang gewesen sein dürfte. Aller Wahrscheinlichkeit nach wurde das Haus von demjenigen gebaut, der es bewohnt hat, und zwar zu dem Zweck gebaut, den Sumpf zu betrachten; vielleicht von einem Kartographen, vielleicht von einem frommen Mann, der den Sumpf als seine natürliche Gottheit ansah, vielleicht von einem Erforscher lebender Bilder. Das Fenster im oberen Stock ist so groß wie die ganze Wand und betont die Ähnlichkeit des Hauses mit einem Schiff; und auch andere Teile bestätigen meine Vermutung, dieses Haus sei auf eine Weise gebaut, daß es nicht immer am selben Platz verharren muß. Es hat zum Beispiel keine rechten Winkel, sondern derart abgerundete, daß sie leicht oval sind, und die Wand, die das große Fenster beherbergt, ist ein wenig gewölbt, wie als einfacher Hinweis auf einen Bug. Der ans Fenster gestellte Stuhl erlaubt keinen Zweifel: er wurde an diesen Platz gestellt, weil das der beste Punkt ist, um den Sumpf zu betrachten. Das Haus ist aus einer Materie gebaut, die Holz zu sein scheint oder vielleicht gepreßte Rinde; ja, diese Ähnlichkeit mit einer Baum- oder Buschrinde hat mich sogar zu der Phantasie angeregt, daß das Schiffhaus gar nicht gebaut wurde, sondern gesät, und daß es aus dieser mit toten Gewässern getränkten Erde hervorgekeimt ist; aber ich weiß nicht, ob es nicht tollkühn ist anzunehmen, daß ein segeltüchtiges Haus aus dem Wasser herauswachsen kann.

Es ist ganz offensichtlich, daß das Roß von der Existenz dieser Wohnstatt gewußt hat, und daß es sogar – wenn es stimmt, daß sie nicht seßhaft ist – ihren genauen derzeitigen Standort kannte; es ist auch klar, daß es, das Roß, die Wege gewählt hat, die dazu ausersehen waren, uns an diesen und keinen anderen Ort zu führen, und daß ich ohne seine Hilfe niemals bis hierher gelangt wäre, sondern schon vorher umgekommen in irgendeinem schweigsamen Graben, der vielleicht schon mit anderen unglücklichen Leichen gefüllt war. Welche Beziehung zwischen mir und dem Roß besteht, weiß ich nicht, aber vielleicht hat der Sumpf irgendwie Kenntnis davon.

12

Jetzt also bin ich im Haus; das mir Fragen stellt, die zu lösen ich nicht zu hoffen wage. Ich habe schon von der Besonderheit des Materials erzählt, aus dem es besteht; und das gewiß nicht aus dem kommt, was ich vom Sumpf sehe. Was ich sehe: denn nichts weiß ich von dem, was unter der

Oberfläche des Sumpfs ist; sicher gibt es dort unterirdische Flüsse und Seen, vielleicht auch Gebirge, vielleicht Bergwerke, Wälder. Dieses Haus wurde, glaube ich, nicht gebaut; um es zu bauen, hätte man Leute, nicht zu knappe Zeiten, Materiallager gebraucht; all das ist mit der Natur des Sumpfs gänzlich unvereinbar. Es könnte auch bereits fertig aus dem Sumpf aufgetaucht sein; vielleicht aus jener unterirdischen Welt, deren Existenz ich nur mutmaßen kann. Ich habe auch phantasiert, daß das Haus in Wirklichkeit ein solcherart künstlich gezüchtetes Gemüse sei, daß es diese Form angenommen hat; und die Kohärenz der Wände scheint diese Hypothese zu unterstützen. Aber welche Kunst wäre imstande, Fenster in ein ingeniöses Gemüse zu schlagen? Es könnte auch nichts weiter als verfestigte Sumpfmaterie sein, aber auf welche Weise und von wem und für wen, das alles ist unbekannt.

Dann ist da auch noch dieses andere rätselhafte Zeugnis: der Alte hatte Kunde von der Existenz des Hauses; der Alte, jener Mann, der sein Gesicht im Dunkeln verbarg, wenn er sprach, indem er die Lampe zwischen sich und seinen Gesprächspartner stellte. Was wußte der Alte von diesem Sumpf? Im übrigen hatten wahrscheinlich auch die Bewohner jenes Dorfs – Männer, die sich methodisch in den hartnäckigsten Bosheiten übten – mehr als einfach nur Kunde vom Haus und ganz sicher vom Sumpf. Diebe und Mörder wußten vom Sumpf, der anderswo völlig unbekannt war, und die Besten oder die Schlechtesten von ihnen wußten von dem Haus. Wer waren sie, diese Leute, dieser Alte, und welche Beziehung unterhielten sie zu diesem Ort? Wenn ich gewagt habe anzunehmen, daß der Sumpf etwas ähnliches sei wie eine Nation, dann kann ich auch annehmen, daß der Alte sein geheimer Vertreter und das Mörderdorf sein Vorposten sei – der einzige Ort, wo man Nachrichten vom Sumpf erhielt, der einzige Mann, von dem man Informationen über die Route bekam, und schließlich auch über das Haus. Aber war dieser Sumpf wirklich etwas ähnliches wie eine Nation? Ich habe den Eindruck, daß ich in diesem Dorf nicht nur vor den Schergen der Stadt in

Sicherheit gebracht worden war, sondern auch geprüft und ausgewählt für diese Reise zum Sumpf und zum Haus. Aber hatte die Reise, wenn ich es recht bedenke, nicht schon viel früher begonnen – damals, als ich das Pferd einfing? In jener Zeit wußte ich nichts vom Sumpf; ich war zu dem Dorf aufgebrochen, weil ich es für dermaßen böse hielt, daß es für die Gerechtigkeit unerreichbar war. Dann waren also gerade jene Schergen – dieselben, die mich verfolgten, um mich zu töten – Teil eines Plans und standen unwissentlich, wenn ich mich so ausdrücken darf, auf der Seite des Sumpfs?

Um mir den Sumpf als Ort der Rettung anzuraten, brauchte ich außerdem das Pferd und die Kunde von der Existenz des Hauses – eine Kunde, die das Roß, soviel ich verstehe, bereits erhalten haben mußte.

Wer immer sich in den Sumpf hineinwagt, ohne einen wundertätigen Gebetsriemen mitzunehmen, kommt unweigerlich darin um; aber ich war nicht umgekommen, ich war darüber hinweggeritten, mein Roß hatte mich bis zu dem Haus gebracht. Ich versuche, meine spekulative Angst zu zähmen; tatsächlich weist alles, was ich gesagt habe, darauf hin, daß die Existenz des Sumpfs mit der Existenz anderer Wesenheiten oder Gemeinschaften oder Schicksalen verbunden ist – wiederum in erster Linie mit dem Mörderdorf, das für mich zu einer Art Vorzimmer, einer Eingangshalle, einem Büro wird, wo man diejenigen auswählt, welche Zutritt zum Sumpf erhalten können? Ich frage mich, ob jemand in diesen Sumpf geschickt werden könnte mit dem ausdrücklichen Ziel, ihn darin versinken zu sehen; und ich frage mich, ob die Untergeschosse des Sumpfs nicht mit unglücklichen Toten gefüllt sind, die beim aberwitzigen Versuch, den Schlick- und Schlammkontinent zu durchwaten, umgekommen sind.

Aber wie konnte der Alte Kunde von diesem Haus bekommen? Sicher wußte er, daß jemand den Sumpf betreten hatte; also auch durch jenes Dorf gekommen war; und das bestätigte mich in der Gewißheit, daß man durch dieses Dorf, und nur durch dieses Dorf, in den Sumpf gelangen konnte; der

Wächter mußte ein Mann sein, der mit dem Verbrechen vertraut war, er allein stellte die Passierscheine aus. Was für ein komischer Ausdruck; jedenfalls mußte dieser Mann – vielleicht schon vor Jahrhunderten – mit jemandem im Dorf verhandelt haben, genau wie ich auch; er war geprüft und als geeignet befunden worden und hatte seine Anweisungen erhalten; vielleicht hatte er ein Pferd wie meines, vielleicht floh er vor einer Vernichtung, der er anders nicht entgangen wäre: nur der Sumpf konnte ihn retten. Aber in dem Augenblick, als er sich in den Sumpf hineingewagt hat – mithilfe von Mitteln die ich nicht kenne – hat es das Haus da bereits gegeben? Oder war er, jener Flüchtling, mit der Aufgabe betraut, es zu bauen, zu beschwören und zu bewahren? Wenn es das Haus bereits gegeben hat, dann waren vielleicht schon andere vor ihm dort gewesen; es sei denn, das Haus wäre als ewiger Bestandteil des Sumpfs zu betrachten, ein seltsam stabiles Akzidens, eine Ausnahme in dieser verwandlungsfreudigen Schlamm- und Lagunenwelt. Fragen, auf die ich nicht antworten kann, aber schon sie zu stellen verändert das Sumpfbild; denn ich habe den Eindruck, daß zwischen dem Sumpf und dem bösartigen Dorf eine solide, entscheidende Wechselbeziehung besteht.

13

Ich liege auf dem Bett – in diesem Haus gibt es ein Bett, einfach aber ordentlich, sozusagen bereit für den müden und verängstigten Reisenden – und durchlaufe, in einen leichten Erkundungsschlummer getaucht, im Geiste das Haus; ich lausche den Knarrgeräuschen, die einem Haus, nicht minder als seine stabilen Wände, ein Gefühl des Existierens vermitteln; ich fühle das Haus wie eine große freundliche Hülse – und könnte es denn nicht wirklich die zurückgelassene

Schale eines riesigen Eis sein, von einem Riesenvogel gelegt? Ich wüßte mich gern im Inneren eines großen Eis beherbergt. Wenn ich auf alle Fragen verzichte, die dieses Haus zu einem Rätsel machen, wenn ich mir vornehme, gar nicht daran zu denken, daß ich mich, daß dieses Haus sich im Zentrum des Sumpfs befindet – sofern es ein Zentrum gibt –, und wenn ich schließlich so tue, als stünde dieses Haus zwischen anderen Häusern, die ich nicht sehe, aber von diskreten, zu meiner Verteidigung bereiten Freunden bevölkert weiß, dann verspüre ich eine süße Seligkeit, so als wäre ein schwieriger Weg mit außergewöhnlichem Glück zu Ende geführt worden, dessen Erfüllung in der Auffindung eines Hauses lag, das – auch wenn es mit keinerlei Berechtigung mir gehörte, auch wenn seine Herkunft unbekannt und seine Bestimmung unerklärlich waren – für mich geöffnet wurde, auf daß ich darin Schutz und Ruhe fände und jene Langsamkeit, welche, das wird mir jetzt klar, die erbarmungslose Faszination des Sumpfs ausmacht. Ich sagte erbarmungslos, denn der Sumpf kennt tatsächlich keinerlei Erbarmen, auch wenn er wohlwollend ist, mit einem Wohlwollen, das seiner Gleichgültigkeit gegen jede Art von Erbarmen nicht widerspricht; der Sumpf ist vielleicht weniger grausam als gleichgültig, und in dieser Gleichgültigkeit, die mir gewährleistet, unbeachtet zu bleiben ohne verlassen zu sein, liegt jene matte Sehnsucht, jene erschöpfte Hingabe, die dieses stille – nein, nicht ganz stille Haus mir schenkt.

14

Nicht ganz still; aber das fällt mir auf: daß es kein Wasserrauschen ist, sondern ein Geräusch von Tieren, die sich bewegen: ein Kriechen, ein Schleichen, ein Flitzen, aber auch andere Laute, vielleicht Rufe und Schreie verletzter, getöteter, von anderen Tieren verschlungener Tiere; ein Zirpen unsichtbarer Insekten, ein Schnalzen verliebter Skorpione. Ich stehe auf und stelle mich ans Fenster im oberen Stock, ein großes, hermetisch geschlossenes Fenster. Ich schaue hinaus, und das, was ich sehe – zum ersten Mal von einem richtigen Observatorium aus – verblüfft mich. Jetzt erscheint mir der Sumpf nicht mehr als Ausbreitung vielfach gekreuzter Gewässer – Lagunen, Tümpel, Moore, Gräben, Schlamm –, sondern als eine, so scheint mir, unendliche Weite aus winzigen Tieren, so daß ich sie im einzelnen nicht unterscheiden kann. Wohl aber sehe ich die Weite, die Masse des unendlichen Gewimmels, ein Wuseln unzähliger Lebensformen, eine abstoßende und winzige Großartigkeit, wo alles kriecht, zischt, zerfleischt, stirbt, sich paart, geboren wird, sich entleert. Und über diesem Wimmeln sehe ich ironische Engel eilen und schmutzgraue, schwärzliche, fuchsrote Falter, die schütteres Gebüsch durcheilen, das aber in diesem Raum als Wald dienen muß. Und seltsamerweise kommt mir dieser Gedanke: »Jedes von ihnen hat einen Namen«; und damit meine ich nicht den Namen der Art, sondern den Namen jedes einzelnen Individuums, fast im Bewußtsein, daß dieses Kriechen und sich Bewegen und Übereinanderweglaufen und einander Zerfleischen oder Lieben kein natürliches Geschehen ist, sondern schicksalhaftes Ereignis. Was also ist der Sumpf? Ich kannte ihn als Ort der toten Gewässer, der Blasen und nachgiebigen Sände, durch den aber trotzdem ein Pfad lief, der dem Pferd bekannt war; jetzt bietet er sich mir – fast wie eine Ehrengabe – als ein unendlich lebendiger Ort dar, voll mit abstoßendem und unerschöpflichem Leben. Ich frage mich, ob ich in Wirklichkeit über die Körper winziger Tiere weggeritten bin, die zu erkennen mir verwehrt war, und ob ich auf meinem Weg zu dem Haus ein Gemetzel veranstaltet habe, ob mein Pferd Generationen, Völker, Nationen getötet hat, und ob wir, das Mensch-Pferd-Paar, nicht als die Engel oder die Götter der Zerstörung aufgetreten sind und eine Straße der Katastrophen und Tode hinter uns zurückgelassen haben. Und da erscheint sie mir wieder, die alte Frage: wer mag dieses Pferd sein, und was bedeutet unser Bund? Ich frage mich, ob es nicht das Pferd der Apokalypse ist, und ich selbst, ohne es zu wissen, der Ritter des finalen Todes, also nicht gefeit gegen die schreckliche Macht eines Gottes –, dem mächtigen Gott des Endes. Aber vielleicht ist gerade es, das Pferd, dieser Gott, und ich bin nur die allergeringste Form eines Dämons, als Double eines Gottes aufs Pferd gesetzt, um die Apokalypse zu proben. Offenbarung: welche Offenbarung haben wir mitgebracht in diese immergleiche und wandelbare Welt? Ich möchte absteigen, um mit dem Pferd zu reden, aber ich habe Angst vor ihm. Wer von uns ist mächtiger? Wer das größere Wissen hat, weiß ich, denn nur es, nur das Pferd, konnte mich bis hierher bringen, und deshalb muß ich annehmen, daß ich dem Pferd bekannt bin, oder daß es anderen gehorcht, vielleicht einem Sumpfgott, der von mir weiß. Und meinen Namen kennt.

15

Seit ich in diesem Haus bin, dieser fremden und intimen Wohnstatt, geschehen seltsame Dinge, oder auch gewohnte, aber seltsam an diesem Ort. Der Schlaf ist mir wiedergekehrt: ich weiß nicht, seit wann ich nicht mehr geschlafen habe, vielleicht seit Generationen. Aber jetzt geschieht es mir, daß ich einnicke und träume. In Wirklichkeit glaube ich nicht, daß mein Schlaf ein menschlicher Schlaf ist, dazu bestimmt, meine tägliche Müdigkeit in zyklischem Wechsel zu stillen; es ist vielmehr der Schlaf, der mich zum Träumen führen soll; und ich glaube, daß ich jetzt wieder schlafe, weil ich ohne Schlaf nicht träumen kann, und träumen ist nötig im Sumpf. Ich werde jetzt nicht von meinen Träumen sprechen, aber ich möchte von einer anderen Merkwürdigkeit reden: Wenn ich mich anschicke einzuschlafen, wenn ich auf der Schwelle zum Schlaf und zum Traum bin, bricht die Nacht ein. Es ist eine schlagartige Nacht, ohne Dämmerung oder Abend; eine Nacht, die in mein Haus eindringt und den Sumpf verhüllt; aber eins ist mir klar: daß die Nacht nicht auf natürliche Weise kommt, sondern nur deshalb, weil ich schlafen möchte. Die Nacht gehört nicht zu den Zeiten des Sumpfs, sondern nur zu den Zeiten meines Lebens in diesem Haus. Da bisher noch nie etwas Ähnliches geschehen ist, muß ich vermuten, daß die Macht bei diesem Haus liegt, und bei mir als Bewohner des Hauses; auch wenn ich bis jetzt noch nicht weiß, auf welche Art und in welchem Umfang ich von hier aus eine Macht über den Sumpf ausübe, ohne über die Formen und das Leben, die der Sumpf annehmen kann, das geringste zu wissen. Dieses Haus ist also eine Kommandantur; und wieder frage ich mich: wer hat wohl gewollt, wer hat bewirkt – ich kann es nicht besser sagen – daß dieses Haus existiert, wer ist mir vorausgegangen, und überhaupt, habe ich nur einen einzigen Vorgänger gehabt oder mehrere oder unendlich viele, und bin ich selbst dazu bestimmt, anderen vorauszugehen, und wie wäre in diesem Fall das Ende beschaffen, gibt es auch im Sumpf einen Tod, und wenn ja, was für einen? Oder welche Art des Dahingehens? Und was bedeutet »jetzt«, »vorher«, »nachher« in diesem grenzenlosen Sumpf?

Ich habe von den Karten gesprochen, die ich auf den Tischen des Hauses – es gibt zwei, eine in jedem Zimmer – vorgefunden habe. Ich habe sie geprüft und habe sie studiert. Beschriebene Karten gibt es in Wirklichkeit nur ganz wenige, vielleicht drei oder vier Blätter; ich bin ungenau in bezug auf die Zahl, weil auf einer der Karten Zeichen sind, die möglicherweise nicht von einer schreibwilligen Hand eingetragen wurden. Eine der Karten enthält Zeichen, wie um den Sumpf zu beschreiben, aber völlig anders, als ich ihn je gesehen habe; besonders dieses erstaunt mich: daß es Zeichen gibt, wie um tätige Vulkane anzuzeigen, oder ein Gebirge, und etwas, das ein Sumpf sein könnte, aber jetzt nicht mehr mit der Vermischung von Gewässern, oder auch ein Meer. Von diesen Dingen weiß ich nichts. Ich habe noch nie etwas gesehen, das an einen Vulkan denken ließe, und es gibt auch keine Spur von Bergen, wobei ich hinzufügen muß, daß der Horizont hinter einem lückenlosen Dunstschleier verborgen ist, weshalb ich nicht sehen kann, was weiter hinten ist. Eine andere Karte trägt ein Zeichen, das ich als vertikal betrachten muß, eine Linie, die alle drei Zentimeter von einem unlesbaren Buchstaben unterbrochen wird, vielleicht aus einem mir unbekannten, nie gesehenen Alphabet. Sie ähnelt den Karten, auf denen man Stammbäume verzeichnet, aber die Lettern, die sie unterbrechen, scheinen nicht auf ein Paar hinzuweisen, sondern auf einen einzelnen Namen. Jedenfalls sind die Namen, wenn es welche sind, alle unlesbar, und die Schrift ist nicht dieselbe wie auf der Karte, die ich früher beschrieben habe; auch das Blatt scheint sehr viel älter und brüchig. Ein weiteres Blatt ist eine Bizarrerie, die nicht versäumt, mich zu erheitern; es trägt in der Tat nur einen Namenszug, etwa ein dutzendmal wiederholt, fast wie ein Versuch, einen Namenszug zu fabrizieren; und es ist, dieses Zeichen, überaus reich verziert, bizarr, liebevoll ausgeschmückt und überheblich, so als hätte – das habe ich mir gesagt – ein junger Thronerbe, in dem Augenblick, als er den imposanten Sessel besteigt, sich vorgenommen, seinen Namenszug zu perfektionieren und ihm königliche Würde zu verleihen. Es versteht sich von selbst, daß der Namenszug, sei es wegen seiner äußerst kunstvollen Gestaltung, sei es, weil er, wie ich vermute, in einer mir unbekannten aber mit der auf dem Stammbaum nicht identischen Schrift ausgeführt wurde, gänzlich unlesbar ist. Aber wenn es wirklich ein Namenszug ist, wofür war er dann bestimmt? Um was zu unterzeichnen? Es gibt in diesem Haus, auf den Tischen aber auch im Schrank, noch weitere unbeschriebene Blätter; es gibt auch Federhalter und es gibt Tinte.

Aus alledem könnte ich schließen, daß vor mir schon mehrere Bewohner in diesem Haus gewesen sind; aber wer diese Bewohner waren, kann ich mir überhaupt nicht denken. Doch das kann ich sagen: es ist nicht sicher, daß es mir ähnliche Wesen waren. Wenn die Karte, die ich als geographische bezeichnen will, lesbar ist, dann kommt das daher, daß sie Zeichen trägt, die sichtbare Dinge symbolisieren sollen, obwohl ich, wenn ich es recht bedenke, zugeben muß, daß ich nicht verstehe, ob es sich um eine Karte dieses Sumpfs oder einer anderen Landschaft handelt. Jedenfalls ist auf der Karte nichts eingezeichnet, und nur die Linie und die Tinte lassen vermuten, daß sie nicht von derselben Hand beschrieben wurde, die die andere Karte verfertigt hat. Wenn ich annehme, daß das zweite Blatt tatsächlich einen Stammbaum enthält, dann muß ich auch annehmen, daß der Schreiber die Namen seiner Vorgänger kannte, und daß er wahrscheinlich sogar derselben Rasse und Sprache angehörte wie sie; also verschieden von mir, denn ich kenne gar nichts; wenn es sich also wirklich um einen Stammbaum handelt, dann muß ich vermuten, daß er eine Zeit umspannt – soweit es hier möglich ist, die Zeit zu messen – die nicht kurz war; und daß der Übergang von einem zum anderen Glied der Ahnenreihe, wie bei einer Erbfolge, auf deutliche Weise geschah. Wenn ich dann die Ahnentafel neben den Namenszug lege, kann ich eine wunderliche Hypothese konstruieren: daß es tatsächlich eine königliche Erbfolge ist, und daß dieses Haus ein Königsschloß, ein Sitz der Macht ist. Daß von hier eine Macht ausgeht, scheint mir klar ersichtlich aus den Unternehmungen der Nacht, die sich nur dann auf den Sumpf, auf das Haus herabsenkt, wenn ich zum Schlaf bereit bin. Aber vielleicht nicht nur dann.

16 Das Pferd: seit wir bei diesem Haus angekommen sind, sondert das Pferd sich ab; ich weiß nicht, wie ich sein Verhalten anders beschreiben könnte; ich gehe aus dem Haus und entdecke es, etwa hundert Meter weit entfernt, reglos, das Antlitz – so muß ich es nennen – dem Haus zugekehrt, aber völlig teilnahmslos. Es ist nicht weit weg, aber der Raum, der mich von ihm trennt, ist unwiederbringlich Sumpf, und mir wird deutlich gesagt, ich weiß nicht von wem, daß ich zu jenem Pferd nicht hingehen darf. Ich kann es nur ansehen und mich fragen, was es wohl sei. Jetzt bin ich sicher, daß es nichts mit den irdischen Pferden zu tun hat, und irgendwie weiß ich, daß es in die Beschaffenheit des Sumpfs verwickelt ist; aber gerade diese Beschaffenheit ist mir unbekannt. Ich weiß auch nicht – und das ist vielleicht entscheidend –, was dieses Pferd in meiner Abwesenheit ist, und ob wir nicht überhaupt – ich und es – weniger ein Paar bilden als ein binäres Individuum, nicht nur nebeneinandergestellt, sondern schicksalhaft vereint. Denn ich habe ja deutlich gesagt, daß ich ohne das Pferd nie zu dem Sumpfhaus gekommen wäre, und das ist wahr; aber ich weiß nicht, ob dieses Pferd ohne mich je die Erlaubnis erhalten hätte, die Wege des tödlichen Sumpfs zu betreten, und so sicheren Fußes; wenn ich dessen gewiß bin, daß das Pferd mein Schicksal ist, dann ist es nicht unmöglich, daß auch ich zum Schicksal des Pferdes gehöre. Pferd, Pferd; was für ein seltsamer Name für dieses wunderbare Wesen; während des kurzen Ritts vor dem Erreichen des Sumpfs habe ich versucht, es Roß zu nennen und es mit den üblichen Namen wie Morello oder Bajarde zu rufen. Jetzt lache ich, wenn ich daran denke. Auf diese Namen hat es nicht gehört, aber jetzt verstehe ich, daß es keinen Namen gibt und geben kann, auf den es hört; und wenn ich versucht habe, es nicht Pferd zu nennen sondern Roß, dann kam das von meinem Wunsch her, es mit einer sagenhaften Eigenschaft zu versehen, fast als wäre es eines der vielen Helden- und Götterpferde, mit denen die mythischen Dichter verkehrten, die mir einst teuer waren. »Rös-

ser« gibt es nicht im alltäglichen und irdischen Sinn, und deshalb war es ein glücklicher Einfall, jenes Pferd als Roß zu bezeichnen; aber dann hat sich das ganze aufgelöst wie in einem literarischen Spiel, und jetzt muß ich mich plötzlich mit einer Hälfte meiner binären Formel messen und etwas Geheimnisvollem aber für die Definition dieses Ortes Wesentlichem standhalten, das nicht weniger unbekannt und gewiß ist als meine Vorgänger, die das Pferd vielleicht gekannt hat, und die vielleicht auf seinem Rücken über die Lagune geritten sind, auf denselben Pfaden über dem Abgrund des Todes. Ich habe gesagt: der Apokalyptische Reiter, aber dieser Reiter hatte ein Pferd, und wenn ich für diese von Tieren pulsierende Landschaft der Engel des Todes bin, dann kann jenes Pferd keine geringere Würde besitzen als ich und ich nicht als es; sind wir also beide tödliche Götter?

Ich stöbere in meinen Erinnerungen aus der Schule und frage mich, ob ich es in Wirklichkeit vielleicht gar nicht mit einem Pferd, sondern mit der Pferdhaftigkeit zu tun habe. Nun kann die Pferdhaftigkeit nicht »Morello« heißen und kann auch kein Roß sein, aber sie wird auch nicht fressen, sich nicht entleeren und sich nicht paaren; und vielleicht ist es nicht unmöglich, irgendeinen gedanklichen Austausch mit der Pferdhaftigkeit zu haben, vielleicht sogar das Wort an sie zu richten, obwohl ich bezweifle, daß die Pferdhaftigkeit zu antworten geneigt ist. Aber die Vorstellung, daß ich nicht auf dem Rücken eines Pferdes, sondern auf der Pferdhaftigkeit hergekommen bin – was sein unnatürliches Schweigen erklären würde – fasziniert mich; oder ist es ein Spiel, um dem Sumpf zu trotzen?

17 Also: in diesem Haus wohne ich und vor mir stehen die Fragen: wer oder was ist das Pferd, wer war mein Vorgänger in diesem Haus, welche Funktion und welche Macht hat das Haus und damit auch der, der es bewohnt, welche Machtbefugnisse wurden auf mich übertragen durch die einfache Tatsache, daß ich hier wohne. Und schließlich ist da noch meine Beziehung zum Sumpf. Ich habe gesagt, daß der Sumpf sich mir nicht etwa als Ausbreitung öder Gewässer, sondern als Sitz einer Unmenge winziger aber schicksalbehafteter Leben offenbart hat. Doch der Sumpf wechselt, verwandelt sich; durch das breite Fenster, das über dem liegt, was ich den Bug des Hauses nannte, erscheint er mir manchmal als schlammige Wüste, in der es mir nicht gelingt, eine Spur von stagnierendem Wasser zu erkennen – nur feuchte, verfaulte Dünen. Manchmal entdecke ich ihn mit einer dürftigen aber anmaßenden Vegetation überwuchert, einer Ausbreitung von Sträuchern, Zwergstauden und Büscheln aus welkem, verkümmertem heruntergekommenem Gras; um diese Büschel herum sammelt sich etwas Wasser, so als wäre diesen jämmerlichen Gräsern irgendeine Königlichkeit verliehen worden. Öfter gewinnt das Wasser die Oberhand, wobei es aber jedesmal andere Landschaften zeichnet; manchmal gibt eine Reihe von Dünen dem, was ich sehe, einen orientalischen Anstrich, manchmal scheint es, als wolle die Wasserfläche ein wellenloses Meer nachahmen, oder einen stehengebliebenen Fluß, verblüfft angehalten von einem unsichtbaren Deich. Ich war nie bei diesen Verwandlungen dabei; jedesmal finde ich in dem Moment, wo ich mich ans Fenster setze, den Sumpf bereits verwandelt vor; vielleicht hat er sich schon Stunden zuvor verwandelt, vielleicht erst in diesem Moment; ich habe jedenfalls noch nie erlebt, daß er eine Verwandlung fortsetzt: ich habe ihn nie bei einer Verwandlung ertappt; es ist nicht unmöglich, daß die Verwandlungen schlagartig geschehen; jedenfalls sind sie absolut lautlos. Ich glaube, daß mein unbekannter Vorgänger eines der vielen Sumpfbilder auf-

zeichnen wollte; vielleicht ein Bild, das ihn fasziniert hat. Ich kann nicht leugnen, daß diese metamorphische Lagune auch mich bisweilen fasziniert, und daß ich mich jedesmal frage, in welcher Form sie mir das nächste Mal erscheinen wird. Aber die zentrale Frage – ein weiteres Rätsel – ist diese: weiß der Sumpf, daß er betrachtet wird? Irgendwie glaube ich, daß er es weiß und sich deshalb verwandelt.

18 Mein Leben ist jetzt im wesentlichen dieses: durch das große Fenster im oberen Stock betrachte ich den Sumpf. Der Sumpf ist immer er selbst und trotzdem jedesmal anders. In ein unstetes Licht, ein Zwielicht getaucht, das manchmal auf den Abend und die Nacht, manchmal auf das Morgengrauen und den Tag anspielt, hüllt der Sumpf sich in zahllose Formen. Wenn die Dämmerung dazu zwingt, ihn mit zusammengekniffenen Augen zu erforschen, dann könnte der Sumpf eine unendliche Stadt sein, oder eine ganze Nation von oben her gesehen, vielleicht von einem Ballon aus. Etwas bewegt sich, aber es ist jetzt nicht mehr Reptil oder Wasser, und es könnte eine Wallfahrt auf einer Straße der besagten Nation sein. Eine Düne ist dann vielleicht eine Stadt, und die Pfützen sind endlose Seen.

Wenn ich mir vorstelle, noch weiter hinaufzusteigen, dann wird aus dem Sumpf eine Wüste, die Welten trennt, die ich nicht sehe, aber genauso öde vermute: das, was sich bewegt, ist vom Winde getriebener Sand, oder ein Volksstamm, der versucht, der tödlichen Einsamkeit zu entfliehen. Man kann noch höher steigen: dann wird der Sumpf ein Planet, den ich überfliege, ein fremder Ort, und trotzdem ein Ort, der mir lieb ist, und vielleicht werde ich dann alle anderen Planeten verlassen, eingeschlossen den Planet, von dem ich stamme, um auf diesen unbekannten Platz hinabzusteigen, wo mich vielleicht meine Brüder erwarten, die ich auf den Monden, den Asteroiden, den Kometen nicht gefunden habe; ich stelle mir vor, große Metropolen, dicht besiedelte Vorstädte zu entdekken, und ich sage mir, daß dieser Planet von gütigen Göttern geliebt wird und mit Tempeln übersät ist, in denen sich die Gläubigen drängen und eine emsige Milde pflegen.

Oder könnte dieser Planet auch jener andere Planet sein, auf dem mich meine Vorfahren erwarten, Geschöpfe, die ich geliebt und verloren habe; ein Ort, wo nachts Feuer angezündet werden – denn irgendeine Nacht muß ja auch dort existieren –, um die sich die Ahnen scharen, die toten Freunde, die unersetzlichen Personen, denen wir nie begegnet sind.

Aber wenn das Licht wechselt, stürze ich mich, werfe mich auf die Oberfläche des Sumpfs. Dann offenbart er sich so, wie ich ihn seit jeher geargwöhnt und mir gewünscht hatte, daß er wäre; ich sehe das Gewirr der Tränenkanäle in diesem erschöpften Antlitz, das unendliche Weinen in diesem entstellten Gesicht; einem lasterhaften Gesicht. Aus der Nähe erforscht ist das Gesicht des Sumpfs zutiefst verwest; aber was hatte ich anderes erwartet? Der weiche Schlamm ist eine gefährliche Verlockung, und ich betrachte ihn mit Appetit, mit Gier, mit unschuldiger Lüsternheit. Der Sumpf ist ein Bündel von Sünden, geduldig übersetzt in eine Allegorie von trüben Gewässern, trägen Rinnsalen, reglosen Teichen. Die grauen Sträucher deuten auf ebenso schändliche wie riesige Schamteile hin – die Schamteile eines Planeten; der Sumpf, sei er nun weiblich oder männlich, gibt sich den gemeinen Kopulationen hin; ich nenne ihn »Hure« und entdecke meine Augen voller Tränen. Ich selbst bin wäßrig wie diese große, miasmenbedeckte Fläche. Oft habe ich mich gefragt, wie es wohl wäre, im Inneren des Sumpfs zu sein; nicht wie einer, den der Schlamm und die mörderischen Sände umschließen, sondern wie einer, der aus natürlicher Neigung im Inneren des Sumpfs wohnt, einer der, soweit ein Sterblicher wie ich das kann, selbst Sumpfsein ist. Ist das wie Totsein? Manchmal breitet der gräuliche Morast sich weit vor mir aus wie ein großer, erschöpfender Friedhof. Hier können und werden alle begraben sein, dies ist die endgültige Grabstätte, und in ihr zu sein wird nicht sein wie Totsein, sondern wie Der-Friedhof-sein, vielleicht wie Jene-höllischen-Dämonen-sein, die noch niemand gesehen hat, mit denen wir aber seit jeher reden. Vielleicht ist der Sumpf der Ort des Gerichts, das Tribunal, und zugleich der Ort, wo die Laster verwaltet werden, das Bordell, in dem sich die Götter und die anderen treffen: nicht nur die Menschen, sondern auch die Reptilien und die Motten und die großen Tiere. All die, die einen Namen haben, auch wenn keiner die Namen der anderen kennt. Oder der Sumpf wird selbst, nachdem er ein Ort des Gerichts war, zum Ort des Lasters, auch Ort der Bestrafung; dies ist die Unterwelt, sage ich mir, die Unterwelt ist kalt, ist wäßrig, ist weich, und alles hat schon stattgefunden, der Sumpf hat den herrlichen Moment des Lasters erlebt, dann den pedantischen Moment der Ermittlung, dann den schrecklichen Moment des Urteils, dann den abschließenden Moment der Zersetzung und der Verzehrung. Hier drinnen, sage ich mir, wird alles verzehrt, und was mir wie Schlangen oder Motten erscheint, ist das, was nach dem Bordell und dem Gericht noch übrigbleibt, denn ein Urteil wird ja gewöhnlich an etwas vollstreckt, das zum Schmerz fähig ist, auch einem zarten Deckflügel, einem Fetzchen Haut. Aber ich glaube, wenn ich im Inneren des Sumpfs noch weiter hinabsteigen würde, könnte ich dem Gericht und der Verurteilung entgehen und wäre an einem weichen, behaglichen Ort, in einem verständnisvollen, leicht blutschänderischen Sumpf, einem zarten Schlammschoß. Oh ja, rufe ich leise, der Sumpf hat gewiß seine milden und stillen und auch verführerischen Seiten, und vor allem: wie gut kann er trösten! Und, so betone ich weiter, der gesamte Sumpf – der lasterhafte Sumpf, der Sumpf der Verurteilung und der flüssigen Unterwelt, der Friedhofssumpf und der Sumpf Fremder Planet, Exotischer Mond – alles endet hier, an diesem innersten Ort einer erschöpften und unmöglichen Süße, aber auch ohne Luft, ohne Mittelpunkt, ohne begrenzende Felsen, nur Schlamm, und in diesen eintauchen, hinabsinken, niemals hineinstürzen, untergehen, langsam fallen. Aber, so frage ich mich, was mag dort nur sein, im Herzen des Sumpfs, gibt es dort einen zentralen Ort, der die Bewegung der Gewässer, das Rinnen der Pfützen und die Verwandlungen der Dünen regiert? Existiert im innersten Herzen des Sumpfs, ganz tief unten, wo die Gedärme der verwesten Erde sind, ein schlagendes Herz, ein schreckliches Herz, dem kein Antlitz, keine Hand, kein Geschlechtsteil entspricht, sondern nur dieses graue Blut aus schlammigem Wasser? Oder könnte es sein, daß eine Art Sumpfintelligenz existiert – und ähnelt denn dieses Gewirr nicht den Berieselungen des Gehirns? –, ein lasterhafter und sentenziöser, ein strafender und leidender Verstand, der diesen Raum, den Sumpf, unablässig schafft und zerstört? Wie weit, frage ich mich, wie weit wird man hinabsteigen müssen, um das Zentrum zu erreichen, wo der Sumpf verständlich wird? Oder ist dieses Zentrum vielleicht nichts weiter als eine Phantasie unserer Säuglingsgehirne? Oder es gibt es zwar, dieses Zentrum – und wie könnte es anders sein? –, aber der Stumpf ist dann nur sein Bollwerk, sein Schutz, das, was das Zentrum, das regiert und erklärt, unzugänglich macht.

Zuweilen erhebt sich über den Sumpf ein Wind, nicht stark aber beharrlich, und der ganze Sumpf ist in Dämpfe und Miasmen getaucht; ein unvergleichlicher Pesthauch fasziniert und erregt mich. Ja, dieser Pesthauch ist mir klar, deutlich, verständlich; aber in diesem Augenblick frage ich mich, ob der Sumpf, diese ganze große wäßrige Heimat, die ich liebe, nichts weiter als Ausscheidung, Kot, Exkrement ist; aber Exkrement vom wem und von was und wie? Doch nein, sage ich mir, nichts weiter als Exkrement, als Kot, an Stelle des Universums, des diarrhöischen Universums, ohne daß ein Sphinkter existiert, aus dem er herausfällt? Nein? Keinerlei Sphinkter? Und wenn nun der Sphinkter einer jener Götter wäre, von denen so viel die Rede ist? Oh nein, ich meine nicht den

Sphinkter eines Gottes, sondern daß der Sphinkter selbst ein Gott und das Universum seine Ausscheidung ist, aber jenseits dieses Sphinkters ist natürlich gar nichts, kein After, kein Darm, weshalb die Fäkalien, die wir Universum nennen, und die ich sehe und betrachte, wirklich aus dem Nichts geboren sind. Ist es nicht so? Eine schmutzige Fröhlichkeit erfaßt mich, wenn ich den Sumpf in Gestalt eines Exkrements betrachte, fast als hätte ich endlich einen so hohen Grad von Intimität mit dem Sumpf erreicht, daß ich ihn beleidigen könnte und ihn »Scheiße« nennen, so als würden wir auf diese Weise eindeutig Brüder, Gefährten, Liebende. Der Sumpf entfaltet sich wie aus einer koprolalischen Rede geboren, und ich betrachte ihn ohne Furcht, ohne Verehrung und ohne Hoffnung, wie etwas, das mir ähnlich ist, denn wenn ihn ein Sphinktergott gezeugt hat, muß ich dann nicht auf die gleiche Weise gezeugt worden sein, werde ich dann nicht endlich meiner exkrementalen Natur zurückgegeben, aber als Exkrement aus göttlichem After, herausgetreten aus dem Nichts? Wenn der Sumpf sich mir als Dung darbietet, dann erkäre ich mich spaßeshalber als Chronist, als Historiker des Dungs, als Aöde, Prophet und Sänger des Dungs, bereit, die Geschichte des Dungs, seine Liebes- und Ruhmestaten in Stanzen aufzuschreiben. Aber ich frage mich, wenn dieses Dung ist, wie es ja scheint oder scheinen möchte, wird dieser Stoff dann nicht auch ein eigenes Zentrum haben, ein Herz und ein denkendes und formendes Gehirn, kurzum, wird diese Ausscheidung dann in einer Latrine deponiert sein, oder befinde ich mich hier im Irrtum, verwechsle ich etwas, und der Sumpf ist selbst Skybalum oder Latrine, oder beides? Latrine, Friedhof, Ort, wo alles endet, was existierend nichts weiter ist als exkrementaler Gestank. Ist die Latrine die gemeine Version der Unterwelt und der Stätte des Gerichts, oder ist die Unterwelt im Gegenteil die vornehme Verkleidung der Latrine, des Aborts für den Aftergott? Der Sumpf erscheint mir – und ich glaube, es kann gar nicht anders sein – als edler und niedrigster, zentraler und peripherer, wohlgestalteter und unförmiger, entstellter, obszöner, schändlicher, stinkender und zugleich weihrauchduftender Ort. Gestank, nicht wahr? Aber könnte dieser Gestank nicht auch der Lieblingsduft des besagten Sphinkters sein? Könnte dieser Miasmus nicht auch eine Andachtshandlung sein, eine kostbare sogar, oder ein frommes Lied, eine Litanei, eine Anrufung – rituell veredelt eben durch jenen Schwall fauligen Weihrauchs? Und ich verneige mich kurz, lachend, so als stünde ich vor der wahren, der vollkommenen Andacht.

19 Doch zuweilen scheint das Licht auf eine Art Tag hinzudeuten, dem es indes nicht traut; es ist ein geschwächter Tag, ein rekonvaleszierendes Licht, einem Raum anvertraut, den man – das weiß ich – unmöglich als Himmel bezeichnen kann; in solchen Momenten erklärt sich der obere Raum – also das, was sich über dem Sumpf befindet (jene absurde horizontale Fläche) – als ein weiterer Sumpf oder enthüllt sich vielleicht als solcher; und schließlich erscheint mir die Welt, die ich betrachte, als eine Reihe von Sümpfen, einer über dem anderen liegend, denn ich vermute, daß der obere Sumpf von einem weiteren, für mich unsichtbaren Sumpf überlagert wird. Aber hier finde ich, der Betrachter, mich in subtile Probleme verstrickt, die ich der theologischen Geographie zuordnen möchte; in der Tat sehe ich, und behaupte ich zu wissen, daß der Raum, der den Sumpf überlagert, dem Sumpf entspricht; aber wird es nicht eher so sein, daß der Sumpf einen Raum imitiert, den ich als himmellagunisch, als Aquamentum definieren könnte, und daß es folglich der Sumpf ist – derjenige, den ich betrachte – der den oberen grauen Raum rechtfertigt und ihm Sinn gibt? Wenn ich das wäßrige Firmament

erforsche, dann sehe ich vor mir einen Plan mit feinen Bewegungen gewundener Linien und streunenden Kratzern, die ich nicht entziffern kann; aber es könnten auch Bewegungen der oberen Gewässer sein, Veränderungen bei der Lagune, wechselnde Verzögerungen in den Gräben; oder es könnte im Gegenteil das, was ich als Sumpf bezeichne, eine Art degradierter Himmel sein, und was ich für Gräben und Moraste gehalten habe, wäre dann als rasche und geheimnisvolle Ideogramme zu lesen, Zeichen auf einer darunterliegenden Karte, einem Pergament in einem metallenen Raum, wo es in ununterbrochener Bewegung befindliche Graffitti, Gravüren und Zeichen gibt. Ich sagte, daß einem Himmelssumpf auch ein weiterer Himmelssumpf folgen könnte, aber in Wirklichkeit weiß ich von alledem nichts Gewisses, und es ist nicht unmöglich, daß ich zwischen zwei Sumpfhimmeln eingeschlossen bin, und daß es, wenigstens für mich, kein anderes denkbares Universum gibt als dieses, mit seiner Schamlosigkeit und seinem Frieden, seinem Ruhm und seiner Verderbtheit; aber ist es mir denn erlaubt, von einem Ruhm zu träumen, der mir nicht aus dem Formlosen und dem Unförmigen erwächst?

Ich stelle mir gern vor, daß es in diesem niedrigsten Himmel und jenem anderen höchsten, der ihm entspricht, zwar von jenen Wesen wimmelt, die ich als winzige Tiere bezeichnet habe, daß sie aber in Wirklichkeit austauschbare Engel und Dämonen sind, denn kein höheres Wesen könnte je entscheiden – ne varietur – ob dies der höllische oder der himmlische Sumpf ist; und deshalb benötigt man hier Hölleninsassen und Himmelsbewohner, Teufel mit dem Engelskleid im Ranzen, Prêt-à-porter-Flügel und Engel mit einziehbarem Schwanz. Albernheiten, gewiß, aber warum leugnen, daß dieser Sumpf und die Theologie, die er ausschwitzt – dieser fromme Miasmus – extrem unterhaltsam sind? Und die spärliche Vegetation? Die seligen Gärten, wo sich die Dichter und Philosophen ergehen, oder die rauhen und kräftigen Wälder, wo die Verdammten sich zerfleischen? Aber wer ist denn verdammt, wer selig in diesem zwiefachen grauen und näßlichen

Raum, diesem offenkundigen Irrtum, der mich umschließt? Ich habe Irrtum gesagt, und ich weiß nicht, in welchem Sinne ich diese Bilder als irrtümlich betrachte; vielleicht wollte ich sagen, daß die Bilder zweideutig und ausweichend sind, vielleicht auch bedrohlich, oder im Gegenteil, daß dieser mein binärer Sumpf, diese dichotomische Malaria, ein Indiz für eine Niederlage ist, eine Verheerung, an der der Sumpf nicht nur teilhat, die er nicht nur ausdrückt, sondern die der Sumpf ganz einfach *ist*. Der Sumpf könnte auch ein Irrtum sein, aber wie wäre in diesem Fall der Unirrtum beschaffen, zumal ich mir etwas wie das Gegenteil des Irrtums nicht vorzustellen wage und auch nicht dulden würde, daß er mich von der geographischen Sumpftheologie abbringt.

Es gibt Augenblicke, in denen das Aquamentum oder der wäßrige Himmel ganz kohärent erscheint; kompakt, ohne Kratzer und Flecken; das ist, so sage ich mir, eine Wirkung des Lichts, dieses grellen, verzerrten Überlichts oder Überleuchtens, das blendet und verwirrt; und wenn ich mich in diesem Augenblick erneut der Betrachtung des Sumpfs zuwende, dann erscheint auch er mir als eine glatte Oberfläche, öde, nichts wissend von Ideogrammen, ausgetrocknet, eine hypothetische Seite. In diesen seltenen, raschen, ebenso blitzartigen wie blendenden Momenten ist der Sumpf kein Sumpf mehr, duldet er keinen Namen, ist ein perfekter Initialraum, von wo aus alles neu beginnen, alles Sinn haben und frei von Irrtum existieren kann; dieser Raum liegt vor dem Vorher, und ich selbst, der ihn betrachtet, existiere nicht, sondern bleibe im Magazin der MÖGLICHEN, und spähe hinaus, um mir das überstürzte Erscheinen der Seite eins der Geschichte des Universums anzusehen, oder der Seite Null, denn ich stelle mir gern vor, daß dieser leere Raum gar nicht bereit ist, sich mit lügnerischen oder illusorischen Piktogrammen bedecken zu lassen, und daß man ihn im Gegenteil an diesen Platz gebracht hat, um zu verhindern, daß irgend etwas existiert: eine Art makelloses Siegel, das die Möglichkeiten des Existenten verschließt, schweigsam, geometrisch, nicht zulassend, daß die MÖGLICHEN aufhören, solche zu sein, weshalb ich bleiben werde, was ich zu sein weiß: ein MÖGLICHES, das auf den Anfang hinausschaut, auf das reglose Beginnen der Ereignisse, die nicht eintreten werden; oder die Unschuld der MÖGLICHEN, der Friede mit allem, dem sie begegnen, denn alles ist möglich und nichts existiert! Ich fühle ein tiefes Ausgeruhtsein, so als wäre die Müdigkeit der Zukunft dabei, sich in einem gegenläufigen Prozeß aufzulösen, als spendete das Gestern, das ununterbrochene Gestern, allen Morgen, den unmöglichen Morgen, Erquickung. Die Geburt, unbekannt, irreal, löst den Tod auf, und die Genesung geht der Krankheit voraus. Nicht wahr? Gewiß, ich bin mir sehr wohl bewußt, daß mit diesem Sumpf, wenn wir ihn so nennen wollen – so ausgetrocknet und weiß – keinerlei Zwiegespräch möglich ist; ich weiß, daß er mich nicht nur nicht liebt, sondern daß er nichts lieben darf, um zu vermeiden, daß die MÖGLICHEN sich auf ihn stürzen und ihn mit ihren täglichen Ausscheidungen beschmutzen; ich weiß, daß er mir feindlich gesinnt ist, aber ich weiß auch, daß ich diese Feindlichkeit liebe, denn gerade sie zwingt mich dazu, in einer weinenden aber glaubwürdigen Unschuld zu verharren. Weinend? Gewiß, es ist unvorstellbar, daß ich die knochenlosen Momente der möglichen Zukunft nicht beklage, die Umarmungen, die Lieben, die Geburten, die Fluchten, die Wiederkünfte, die Zänkereien, die ausgehandelten Versöhnungen; all das, was in einem Gespräch, in einer Nacht, in einem Traum enthalten sein kann. Aber ich weiß, daß dieses Gleißen – ach könnte es dauern! – daß diese grenzenlose Fläche – ach wäre sie nirgends zuende! – dieses geometrische Zeichen – ach bliebe es unverständlich, unaufzeichenbar, unberührbar! – daß die Stille, die niemand auf irgendeine Weise zu brechen vermag, sich zwischen mich und den Raum der Begegnungen und Abschiede stellt – den Raum der Müdigkeit, die in keinerlei Ruhe Frieden findet – jener Ruhe, von der man sich unmöglich ausruhen kann.

Muß ich also eingestehen, daß dieser unbeschriebene Raum nichts anderes ist als der Friede? Oder wenigstens, daß er den Frieden beherbergt? Und doch ist mir klar, daß es nichts kriegerischeres, zänkischeres, feindlicheres geben kann als dieses gleißende Weiß der anfänglichen Verweigerung, der auch keine weiteren Verweigerungen folgen, weil nichts weiter gebraucht wird. Manchmal habe ich den Eindruck, daß diese unendliche Folie der Verweigerung einen Ton erzeugt, und daß ich, geringstes der MÖGLICHEN, versuche, diesen Ton aufzufangen, der nichts anderes ist als ein Vibrieren des Möglichen, ein Ton, nicht für menschliche Ohren bestimmt, ein zorniger Lärm, ein schepperndes Getöse, und die Seite enthüllt sich als metallenes Blatt, das sich wütend schüttelt.

20

Aber diese Epiphanie der Weiße, dieser anfängliche Moment der Verneinung, ist nur kurz, ist fast schlagartig vorbei. In einem verheerenden Lichtblitz sehe ich alles, was mich tröstet und ängstigt, doch sogleich ist der Blitz erloschen, und ich sehe, wie immer, daß die innere, natürliche, vernünftige Eigenschaft des Sumpfs die Mühe ist. Der Sumpf ist ein System, das dazu bestimmt ist, Mühe zu erzeugen, ohne eine Beziehung zu irgend etwas anderem als zu sich selbst; die Gewässer prallen aufeinander, die Lagunen zerfressen die Lagunen, die Pfuhle schrumpfen und verwandeln sich in Pfützen, die sich in Rinnsale zerreißen; der Sumpf ist in einem unaufhörlichen Monolog von Wasser, Schlick, Schlamm und Morast begriffen, einem Zwiegespräch zwischen Gestank und Fäulnis, in dem alles aufeinanderprallt, sich ändert, sich verwandelt und trotzdem es selbst bleibt. Es ist möglich, daß der Sumpf der geographische Abriß einer Form von Wahnsinn ist, aber auch, daß dieser Wahnsinn nicht das Wesen des Sumpfs ist, sondern die vereinheitlichte Form existierender Sprache, die das Höchste ihrer Rhetorik im Sumpf erreicht. Der Sumpf ist Langsamkeit, Geduld, Wiederholung; wieviele Male hat sich in einer Zone dieselbe Zeichnung gebildet, aber stets umgeben von verschiedenen Zeichnungen in den anderen Zonen. Der Sumpf ist Schwere, Wallfahrt, Labyrinth, ist der falsche Weg aber dennoch ein Weg, ist Aufbruch identisch mit der Ankunft, ist Vorbereitung, Bereitschaft, und auch Greisengebrabbel, denn selbst wenn es unmöglich ist zu sagen, daß der Sumpf alt ist, oder daß er ein bestimmtes Alter erreicht hat, so muß man doch zugeben, daß er mit allen erdenklichen Altern beladen ist und deshalb nicht umhin kann, mit seiner eigenen Greisenhaftigkeit verseucht zu sein – einer reglosen Greisenhaftigkeit, die kein vorhergehendes Alter voraussetzt. Und darum werden die winzigen Reptilien, die ihn durchlaufen, und die mir so ähnlich sind in ihrer anonymen und ahnungslosen Hingabe an einen unverständlichen Auftrag – darum werden sie die Pilger und letztlich der Sinn, das Lemma, die Legende des Sumpfs sein; denn wenn wir Reptilien die Pilger sind, dann wird niemand zu bestreiten wagen, daß der Sumpf das ist, was wir seit jeher wissen oder vermuten: das heilige Land. Nicht etwa das Ende der Wallfahrt – denn eine Wallfahrt kann ihrer natürlichen Bestimmung nach kein Ende haben – sondern der Weg, der Raum, den man durchqueren muß, um nicht nur Reptil, sondern pilgerndes Reptil zu sein. Diese Vorstellung von mir selbst als pilgerndem Reptil fasziniert und belustigt mich, denn es ist klar: ich kann gar nicht umhin, ein Reptil zu sein, aber ob ich auch ein Pilger bin oder nicht, hängt von der Beziehung ab, die ich mit dem Sumpf zu haben beschließe, und vor allem von der Tatsache, daß es sich so gefügt hat, daß ich zum Sumpf in jedem Fall eine Beziehung habe, weil ich Gesten vollführt habe, die mich dazu befähigt haben, eine Beziehung mit dem Sumpf einzugehen, vor allem in einer der unzähligen Gestalten, die den MÖGLICHEN erlaubt sind, und ich betrachte mich ja in erster Linie als ein solches. Der Sumpf als geheiligtes Land ist sicher einer der anrührendsten Momente meiner Mitgegenwart mit dem

Sumpf, aber auch einer der zermürbendsten, denn der Sumpf kann eine gewisse Feierlichkeit annehmen ohne seine Unflätigkeit im geringsten zu verlieren – seine Rolle als jauchige und wahrscheinlich auch exkrementale Heimat, die ihre eigenen Fürze und Modergerüche als frommen Weihrauch erklärt. Oh schamloses und schändliches Gemisch aus Verderbtheit und Frömmigkeit! Die einfache und überzeugende Tatsache, daß der Sumpf gerade als verderbter Ort geheiligtes Land geworden ist! Geworden? Oder war er es schon immer? Ich erforsche sie, diese modrige Fläche, und denke: nein, er war nicht immer ein geheiligtes Land, sondern mußte sich zuerst selbst als verwesten und zerrütteten Ort erleben, mußte seine eigene Schmach erfahren, um geheiligtes Land zu werden. In Wirklichkeit wäre der Sumpf, wenn es uns Reptilien nicht gäbe, nie ein geheiligtes Land geworden; wir Reptilien sind wichtig, und vor allem haben wir eine Funktion: wir sind didaktisch. Aber geheiligtes Land in welchem Sinn? Ich meine: ist es geheiligt, weil das, was dort geschieht, einen heiligen Charakter annimmt, der nur im Sumpf einen Sinn finden kann? Der Sumpf ist heilig, weil er nicht anders sein kann. Aber ob seine Heiligkeit mit dem höllischen oder dem himmlischen Charakter zu tun hat, wird man nie klären; doch eines ist sicher: das Höllische setzt das Himmlische voraus und umgekehrt; daß der Sumpf ein geheiligter Ort ist, bedeutet vielleicht nur, daß wie gesagt jeder, der ihn durchquert, zu jenen zweideutigen Wesen gehört – teils Engel, teils Dämon – die die Heiligkeit des Sumpfs besiegeln; es hat also wenig, oder besser gar keine Bedeutung, ob dies darum ein heiliger Ort ist, weil er an das Äußerste des Geringsten oder an das Äußerste des Höchsten rührt, denn in beiden Fällen ist der Sumpf die Legende – so wie wir, die Reptilien, seine Legende sind – die Erklärung des Möglichen, das aufgehört hat, nur ein solches zu sein.

21 Geheiligtes Land also, wahrscheinlich, nicht mehr als mutmaßlich, unbedacht; von Formen des Lebens durchlaufen, die leicht zu zerfleischen sind, ohne kosmische Garantien, ohne Himmelsadvokaten, ausgeliefert der Zerfleischung durch andere, was nur das Fehlen jeder Bestätigung ausgleicht. Formen des Lebens schließlich, die, dem Sumpf eingeboren, vom Sumpf nichts wissen und vermutlich noch nie von irgendeinem Sumpf gehört haben. Pilger, wie gesagt; doch gerade die Eintönigkeit der Verwandlung nimmt jeder Richtung jedweden Sinn; die raupinisch sprechenden Raupen mit ihren Fiberköfferchen und den winzigen heiligen Büchern – »Der Freund der pilgernden Raupe«, »Die Glaubensirrtümer bei den Würmern« – machen sich geduldig auf den Weg zu einer märchenhaften Pfütze, die sie in ihren Raupenmythen als Läuterungsbecken betrachten, das nur für sie bestimmt ist, da die Raupen aus mannigfachen Anzeichen zu wissen glauben, daß ein außerordentlich gütiger Gott sie für eine endgültige Läuterung ausersehen hat; und währenddessen stellen sich die Würmer, die offen gestanden eine Menge literarisch nicht immer würdige Dialekte sprechen, geduldig in eine Kolonne mit ihren Pilgersäcken, in die sie die frommen Bücher gesteckt haben, denen sie vertrauen – »Das Geheimnis der wurmischen Wallfahrt« und »Die Raupen – ein Irrtum der Schöpfung?« – denn die Würmer wissen, daß ein gütiger Gott den Würmern hilft und nicht etwa den Raupen mit ihren unmoralischen Ansichten über Gebetsstunden und sexuelle Gebräuche; nun sind die Würmer unterwegs zu einer Düne, die in ihren winzigen und wahrhaft kurzsichtigen Augen – auch wenn ein bebrillter Wurm sie anführt – als der Berg der Erleuchtung erscheint. Sie sind der Meinung – und dabei stützen sie sich auf zahlreiche Zitate aus ihren Büchern –, daß dieser Berg seit jeher für sie reserviert ist, denn die Würmer – Lieblinge ihres Gottes – sind die einzigen, denen eine erschöpfende Erleuchtung anvertraut werden kann. Aber man weiß ja, wie der Sumpf sich verhält: kaum haben die Raupen ihre Ver-

sammlung vor Beginn ihres Marschs beendet, während die Würmer noch nicht fertig sind mit dem Appell, da ist die Pfütze auch schon ausgetrocknet und die Düne abgeflacht, und es ist nicht unmöglich, daß die Würmer an einem gewissen Punkt ihrer Reise auf eine Pfütze stoßen, die noch nicht da war, als sie sich auf den Weg gemacht haben, und daß die Raupen plötzlich eine Düne erklimmen, von der sich in ihren Büchern auf den ersten Blick keinerlei Hinweis findet; aber – da sind sie sich ganz sicher – ihre Gelehrten werden ein Zitat finden, das geeignet ist, die Verwandlung der Pfütze in eine Düne zu rechtfertigen, und entsprechend verhalten sich die Würmer; und vielleicht werden dann die Würmer die Geläuterten sein, während den Raupen die Erleuchtung zuteil wird, obwohl weder die einen noch die anderen für eine so wichtige Erfahrung angemessen vorbereitet sind. Man muß auch bedenken, daß es unzählige Volksstämme bei den Raupen und Würmern gibt, und nicht alle mit derselben Theologie; dann muß man noch die Stämme der Schmetterlinge dazurechnen – jene grauen, schwarzgefleckten, fuchsroten Falter –, auch sie in weitere Stämme unterteilt; und es ist zwar wahrscheinlich, daß die Schmetterlinge als fliegende Tiere über ein weniger ungenaues Bild vom Sumpf verfügen, aber kein Schmetterling, kein Stamm kann etwas von den Verwandlungen wissen, und ihr Flug wird in jedem Fall ratlos sein; es wird also auf den wäßrigen Schienen des wandelbaren Sumpfs ein Verkehr stattfinden, der für alle diejenigen unverständlich bleibt, die einerseits nichts von der Berufung dieser Tiere zur Rettung wissen und andererseits das unschuldig ausweichende Wesen des Sumpfs nicht kennen.

Natürlich ist alles, was ich da über die Raupen und die Würmer und die Schmetterlinge phantasiert habe, ein reines Märchen, das meiner Ansicht nach auch etwas Unredliches hat, weil es aus dem Sumpf – diesem rechtschaffenen Morast – eine Allegorie zu machen droht, was ein literarischer Kunstgriff wäre, um dieser Ausbreitung fauligen Wassers etwas von ihrem Schrecken und ihrer Würde zu nehmen und den Sumpf irgendwie zu einer Sache zu machen, die uns widerfahren ist und nicht etwa wir ihr. Wenn man also den Sumpf als geheiligtes Land verstehen oder phantasieren soll, dann muß das objektiv geschehen; d. h. seine Heiligung muß ex opere operato sein und darf nicht nach Pilgern und Theologien fragen, er muß also in gleicher Weise heilig sein, wie nicht unmöglich ist, daß Sträucher und leere Muschelschalen und mit magischen Kräften versehene Blasen existieren, die vielleicht auf spezifische Götter anspielen, vielleicht gerade auf jenen Sphinkter, von dem die Rede war. Ist es nicht letztlich wahr, daß der Sumpf eine Alternative zum Nichts ist, und daß wir nicht wissen, ob abgesehen vom Sumpf noch etwas anderes existiert? Und ist deshalb der Sumpf als Form des Seins als Sein nicht unausweichlich ein geweihter Ort, wie seit jeher und auf ewig, auch ohne die geringste Form von Leben, zumal es um die Alternative zwischen dem Sein und dem Nichts und nicht etwa um jene nebensächliche Alternative zwischen Leben und Nichtleben geht? Und obwohl auch ich – nicht anders als die Würmer und die Raupen – dazu neige anzunehmen, daß meine Existenz ein Zeichen der Güte ist, und daß der Sumpf mir gehört, bin ich mir wohl bewußt, daß der Sumpf meine Anwesenheit gar nicht braucht, nicht nur um Sumpf zu sein, sondern um geheiligtes Land zu sein. Aber wenn keinerlei Form von Wallfahrt als institutionell und dem Sumpf wesenseigen vorgesehen ist, dann bleibt noch zu fragen, ob – und wenn ja, in welcher Weise – der Sumpf sich seiner selbst bewußt ist, und ob er sich heilig weiß, wenn er es ist, und ob er erschaffen ist – der Sphinkter – oder unerschaffen; und wenn unerschaffen – Sumpf ab aeterno und auf ewig –, ob dann nicht er es ist, der einen Sphinkter produziert, aus dem Willen heraus, sich selbst eine Legende zu geben, so daß der Sphinkter im selben Augenblick erschaffen wäre, in dem der Sumpf beschlossen hätte, sich als Exkrement, excretum universale, Weltskybalon vorzuschlagen.

Die Erschaffung eines Pseudoschöpfers setzt beim Sumpf eine Macht und eine gewichtige theologische Aggressivität voraus, aber der Sumpf ist mild, der Sumpf ist leise – wer hat je einen Schrei auf den wäßrigen Ebenen des Sumpfs gehört? – der Sumpf errötet leicht – das ist natürlich nur eine Redensart – der Sumpf trägt die Haare zum Zopf geflochten, wie früher üblich – ich spreche gern in Metaphern – der Sumpf kleidet sich schlicht, liebt hausgemachte Süßspeisen und wünscht sich – man hat noch nie davon gehört, aber es könnte ja sein – eine Familie mit Kindern, aber – um dieses Delirium fortzusetzen – ich muß zugeben, daß es keineswegs ausgeschlossen ist, daß dem Sumpf – diesem milden, diskreten, ausweichenden Sumpf – der nur scheinbar schroffe Titel einer Hure gebührt. Haben wir nicht gesagt, daß der Sumpf der wehrlose Wohnsitz der Laster ist, daß er selbst nicht lasterhaft ist, aber die Idee der Verderbtheit darstellt, in jedem Sinne, und auch die Sinne in jedem Sinne? Ist der Sumpf nicht der Friede der Zersetzung, die sich beständig wieder zusammensetzt, um sich unendlich neu zu zersetzen? Ist der Sumpf nicht das geschmackvolle Bordell, diskret und traditionell, wo man unweigerlich allen Göttern nacheinander begegnet, den erschaffenen und den unerschaffenen, angefangen vom Sphinkter?

Oh verderbter, inzestuöser, masochistischer, perverser, exhibitionistischer Sumpf – oh, du meine alte Freundin – du wechselfiebriger, paralytischer, blutflüssiger, wassersüchtiger, verwirrter, paranoischer, unheilbarer, verkommener Sumpf: wärest du nur ausreichend ansteckend! Genügte es nur, dich als Bordell zu besuchen, um sich mit wäßrigen Blasen, stinkenden Pusteln zu bedecken; genügte es nur, sich neben dich zu legen, um mit eitrigem Schorf und wurmfräßigem Sand bedeckt davonzugehen und endlich Sumpf zu sein! Statt dessen geschieht dieses: daß du, der du als hochgradig abstoßender und faszinierender Ort vor uns liegst, du, der du unser Schmerz, unsere Hoffnung, Abscheu und Verliebtheit bist, nichts in dich aufnimmst, was du nicht selbst schon bist; und uns bleibt nichts anderes übrig, als unsere entsetzensvolle Liebe zu dir aufzuschreiben, aber wir dürfen wie gesagt nicht hoffen, daß du uns erlaubst, uns mit dir zu infizieren; wir können nicht – wie sehr wir es auch wünschen – der Sumpf werden; wir können dich nur verfolgen, oh geheimnisvolles, schweigsames Vaterland, Bordell, Friedhof, propaginatio nostra. Wir wissen, daß es nutzlos ist, sich kopfüber in deine Gräben zu stürzen, denn du verzehrst die Leichen, machst sie zunichte, außer wenn es einem Toten gelingt, dir zu beweisen, daß er seit jeher tot ist, daß er ein Ewigkeitsgenosse des Sumpfs ist, und somit auch ein Merkmal des Sumpfs, nicht wahr? Aber die Toten, die durch Studium und Wettbewerbe tot sind, werden nicht von dir geachtet, du erkennst sie nicht an, du magst sie nicht, sie interessieren dich nicht, sie sind nur verdorbene Lebende, und vielleicht stimmt es, was man von dir sagt: daß du einen gewissen Ekel vor den Lebenden empfindest, auch den verwesten, und daß du die Lebenden als verrottet und verfault betrachtest, wie plumpe Versuche einer Imitation. Vielleicht ist es nicht unbegründet anzunehmen, daß auch du einen schwierigen Charakter hast, hochfahrend und geringschätzig. Du siehst, wie schwer es ist, dich nicht als historische Figur zu benützen, wie es bereits geschehen ist, und auch wie schwer es ist, keine anthropomorphen Bilder und Gebräuche auf dich anzuwenden und einen Charakter und bestimmte Gesten, Ideen und Vorlieben in dir zu argwöhnen, und im Grunde waren auch jene Laster, die ich bei dir zu erkennen glaubte, nur anthropomorphe Tricks, denn du bist der Inbegriff der Verschweigung, und es ist unmöglich, dir eine andere Stimme zuzuerkennen als die der Stille, und in Wirklichkeit hast du weder zu mir noch zu anderen irgendeine Beziehung; wir aber versuchen mühselig – was bleibt uns auch anderes übrig – eine Beziehung zu dir zu finden, der du so nah zu sein scheinst, so zugänglich, so widerstandslos, sperrangelweit offenes Haus, und der du in Wirklichkeit so entschlossen auf deinen stillen, vielleicht ironischen Ausflüchten beharrst. Und da überkommt mich die Lust, dich anzugreifen, dich zu beleidigen oder wenigstens, dich mit einer etwas unredlichen Vertraulichkeit zu behandeln, deiner geheimnisvollen Klugheit mit Unhöflichkeit zu begegnen – eine Allegorie, die in Wirklichkeit nur uns, niemand anderen betrifft. Ich hätte zum Beispiel Lust, zu dir zu sagen: Sag' (ja, genau so: als wärest du eine Schulkameradin, die man nach ein paar Jahren wiedertrifft, oder ein sympathisches aber nicht ganz unbescholtenes Mädchen; was für ein Blödsinn, nicht wahr?) – Sag', so frage ich dich, bist du je verheiratet gewesen? Aber du siehst, ich lache schon, und was bleibt mir auch anderes übrig, ich bin furchtbar dumm, nicht wahr? Wir sind dumm, aber du bist unsere Verzweiflung. Ich frage dich, ob du lieber Rotwein oder Champagner trinkst. Sag', würdest du mich heiraten? Sag', was tust du heute abend? Sag', hörst du manchmal Musik? Sag', diese Wunden an dir, wie behandelst du sie? So, jetzt sind wir wieder zurück, das Delirium mußte schließlich enden, nicht wahr? Wir fangen wieder an, dich zu betrachten, und wirklich, mit all diesen Pfützen und Dünen, diesen Tümpeln und Gräben siehst du aus – wenn ich dich mit Liebe, mit Zuneigung, mit Entsetzen, mit anthropomorphem Mitleid betrachte – siehst du aus wie ein anstößig bresthafter Körper, voll immer schlimmer werdender Wunden, bedeckt mit Schorf, Narben und Blasen – doch welcher Mißbrauch hat dich so geschwächt, mein geliebter Sumpf? Aber vielleicht täuscht mich auch wieder meine schamlose, verwerfliche Verliebtheit; denn du bist nicht krank, du bist kein Körper, der auch gesund sein könnte, aber mit blauen Flecken übersät, du bist nicht zermürbt; du duldest keine Adjektive, du bist die Krankheit, bist die Narbe, bist die Wunde.

Wenn ich an dich wie an eine grenzenlose Wunde denke, dann kann ich dich mit Verehrung betrachten; und wenn ich deine Kohärenz und deine Geduld mit dir selbst bewundere, dann verstehe ich auch, daß letztendlich ich deine Klage, deine Träne, deine Verzweiflung bin, oh mein Sumpf; ich kann vielleicht dein Schmerz sein, aber ich bin nicht der Sumpf. Ich habe mich gefragt, ob unter dem Sumpf an einem gewissen Punkt noch etwas anderes sei und wenn ja, was; vielleicht ein weiterer Sumpf; aber jetzt, wo ich dich als Wunde betrachte, glaube ich, daß jenseits von dir nur das Nichts ist; aber ich möchte klar sein: du, Wunde, lehnst dich an das Nichts, du bist dieses: die Wunde des Nichts. Jemand hat dem Nichts erlaubt, soweit zu bestehen, daß es eine Wunde nicht nur erträgt, sondern sogar braucht. Du also bist die nötige Wunde, bist der einzige Beweis, daß das Nichts existiert? Das Nichts ist krank, krank an dir, genau wie wir, mein wundbrandiger Sumpf.

22

Über dem zweideutigen und polymorphen Raum des Sumpfs wechseln die verschiedenen Arten des Lichts sich ab, aber sie folgen sich nicht in der üblichen Weise, obwohl sie, gemäß einem Plan, den ich nicht verstehe, nacheinander erscheinen; aber eines weiß ich: daß sich alle möglichen Arten des Lichts ergeben: das Morgengrauen, die Morgenröte, die Mittagshelle, das Nachmittagsleuchten, das erste Dämmern, jenes zögernde Zwielicht, die Dämmerung, die auf den Abend anspielt, das phosphoreszierende Dunkel der jungen Nacht, die Finsternis der stillen Mitternacht, und wieder die zarten Phosphene beim ersten Hahnenschrei, aber nicht so, wie man sie täglich erlebt, in der Welt, aus der ich komme, sondern unordentlich, oder besser: einer Ordnung folgend, die sicherlich etwas bedeutet, aber was, ist mir unbekannt. Je nach der Beschaffenheit des Lichts erscheint der Sumpf in vielerlei Weisen, manchmal weit weg, fast wie von einem anderen Planeten aus gesehen, manchmal nah und greifbar, manchmal weich und wäßrig, manchmal metallisch und geometrisch; aber davon wurde schon vieles, wenn nicht alles gesagt.

Anders und äußerst seltsam ist der Diskurs über die Nacht des Sumpfs. Ich habe die Nacht erlebt, die, wie ich schon sagte, in dem Augenblick einbricht, in dem ich mich anschicke einzuschlafen – die Nacht, die meine Träume begleitet; das ist eine ungenaue Art, mich auszudrücken, aber in jenem Augenblick war mir keine andere bekannt. Doch verschiedene Formen der Nacht erlebe ich beim Betrachten des Sumpfs aus dem Fenster, von dem ich gesprochen habe. Die Nacht setzt jedenfalls schlagartig ein; sie kann auf das Morgengrauen folgen oder auf den Nachmittag, oder auf jenes diffuse und unstete Licht, das so häufig über dem Sumpf erscheint; aber die Nacht bringt auch äußerst seltsame Ereignisse mit sich. Während der Sumpf in die Nacht getaucht ist, deren Dauer unvorhersehbar ist, hört er in jedem Fall auf, sich zu verwandeln; solange die Nacht dauert, bleibt er reglos. Trotzdem erstarrt der Sumpf nicht in der bestimmten Gestalt, in der ich ihn vor der Ankunft der Nacht gesehen hatte; aber während der Nacht, und nur während der Nacht, gerinnt er zu perfekten Zeichnungen, die sich tagsüber nie ergeben. Diese Zeichnungen sind deutlich erkennbar – ganz gleich, wie dunkel es ist – dank einer leichten aber beständigen Phosphorenzenz, die den Umrissen der Zeichnung folgt. Bis heute konnte ich drei verschiedene Zeichnungen klar erkennen, und von diesen möchte ich jetzt berichten.

Die erste Zeichnung zeigt ein in der Mitte geteiltes Rechteck, das senkrecht vor meinen Augen steht; die beiden Teile sind ihrerseits jedes in drei Quadrate geteilt, so daß das Ganze etwas wappenartiges hat. Die drei Quadrate sind abwechselnd mehr oder weniger hell und so angeordnet, daß das Helle auf der einen Seite dem Dunkel auf der anderen gegenübersteht; und diese Ordnung bleibt unverändert.

Ich habe von einem Wappen gesprochen, aber ich hätte auch auf einen Schild anspielen können; doch zweifellos weist diese Disposition auf eine Schlachtordnung hin, eine kriegerische Bewegung; und ich weiß, obwohl ich es nicht erklären kann, daß der Sumpf in dieser Nachtgestalt eine Kriegs- und Katastrophenbotschaft aussendet. Ich betrachte ihn deshalb mit tiefem Schrecken, denn ich begreife, daß dieser Sumpf feindlich ist, nicht notwendig mir gegenüber, aber feindlich bestimmt; diese Zeichnung spielt auf Feldlager, Kriegsmaschinen, grausame Strategien an; trotzdem fehlt dieser Entfaltung von Streitkräften jeder leidenschaftliche Wille; es ist keine kampflustige oder stürmische Zeichnung; nur daß sie von einem ebenso grausamen wie schweigsamen Willen zur Herrschaft beseelt ist. Ich, der Betrachter des Sumpfs, weiß, daß ich in diesem Augenblick nichts weiter bin als ein wehrloser Spion einer Stadt mit schwachen Mauern, spärlichen Waffen und greisenhaften, verängstigten Kriegern; innerhalb meiner baufälligen Mauern wimmelt es von Frauen und Kindern, und überall lungern jene herum, die die Dichter als Gespenster des Hungers und der Pest bezeichnet haben; die Tore sind mit rostigen Riegeln verschlossen, in den Türmen halten nur alte Wächter Wacht, und ich stehe allein auf dem ebenen Land, das sich vor dem Tor der Macht, der nunmehr machtlosen Macht erstreckt, und kann jetzt nur noch – ohne Mitleid und ohne Ungeduld – die Macht des Sumpfs betrachten. Es geschieht mir, daß ich auf meine gewandte und bewegende Beredtsamkeit vertraue und eine Verhandlung mit dem Sumpf versuche; ich erkläre ihm, wie die Stadt, die antike Türme emporreckt und sich mit verschlossenen Toren brüstet, die Stadt, die künstlich mit eisernen Waffen rasselt, damit jeder, der sich außerhalb ihrer Mauern befindet, annimmt, daß im Inneren ein Heer sich rüstet, ich erkläre ihm also, daß das alles in Wirklichkeit nichts weiter als eine mühsame Inszenierung ist, ein Trick, der weit mehr dazu dient, den Bewohnern der Stadt eine partielle und fruchtlose Beruhigung zu verschaffen, als sich für einen schrecklichen und sicherlich ganz unwiderstehlichen Kampf zu rüsten. Zu der Stille des feldlagerförmigen Sumpfs gesellt sich in meinen verängstigten und kurzsichtigen Augen die Phantasie, daß sich etwas bewegt, und daß die riesige Kraft jener waffengewordenen Gewässer, jener Lagunen von Truppen, die Stadt, die sich so kriegerisch gebärdet, wahrscheinlich in Kürze stürmen wird. Da meine Erklärungen den Sumpf nicht umzustimmen scheinen – auch wenn er keinerlei Bewegung gezeigt hat, denn dieser Sumpf braucht sich nicht zu bewegen, um zu zerstören und zu erobern –, gehe ich jetzt zu etwas über, das eine Verhandlung für eine ehrenhafte Kapitulation sein möchte; die Stadt, so erkläre ich, ist alt und von Männern und Frauen bewohnt, die ein mühsames, hoffnungsloses, ärmliches und unbedeutendes Leben zermürbt hat; wir haben, erkläre ich weiter, schmächtige Kinder, die auf kein langes und glückliches Leben hoffen können; unsere Felder sind unfruchtbar, wir trinken verseuchtes Wasser, häufig suchen uns Krankheiten heim, und auch jetzt, so fahre ich fort, schwächt und vermindert eine Art Seuche diese unglückselige Bevölkerung; was kann die Eroberung einer so heruntergekommenen Stadt für eine so solide und kompakte Macht denn überhaupt bedeuten? Und wenn eine Eroberung stattfinden muß – aufgrund von Plänen, deren Sinn wir nicht verstehen – nun, dann wird es doch genügen, daß eine winzige Schar, ja auch weniger: eine Handvoll Männer, ein einzelner Soldat sich an einem unserer Stadttore zeigt, ohne zu fürchten, daß dieses auch nur den armseligen Widerstand leisten möchte, den ein wurmstichiges Holz zu leisten vermag – dann wird es also genügen, daß nicht einmal ein Soldat, nur ein Marketender, ein Fahnenträger, ein Reservist seine große und starke Hand, seine junge Soldatenhand an das Holz des Stadttors legt, damit dieses sich nicht nur öffnet – so sage ich und lächle unglaublich liebedienerisch – sondern einfach zerbrökkelt, ja gänzlich verschwindet; und wenn er dann einen Schritt, einen einzigen Schritt über die Schwelle tut, dieser Marketender – denn mehr ist nicht nötig – und wieder lächle ich unglaublich verschlagen – dann wird er, wie in einer Szene ostentativen Elends, eine seit jeher besiegte Stadt sehen, eine Stadt, die nichts anderes kennt als die Zerstörung und den Zerfall; und er wundert sich nicht über die Stille, sie verbirgt keinerlei Hinterhalt – aber vielleicht hat es ja doch einmal eine Zeit gegeben, in der auch unsere Stadt, genau wie die anderen, zu Hinterhalten und Fallen fähig war? Jetzt ist sie nur noch eine Ruine, bewohnt von Leuten, die nicht einmal die Kraft haben, den Stein zu entfernen, der ihnen den Zugang zur Straße versperrt. Gewiß, dieser einzelne Mann, dieser Marketender kann die Stadt auch erobern, aber welchen Sinn könnte eine solche Unternehmung denn haben? Welche Noblesse, welchen Reichtum würde die Eroberung des Sumpfs den Annalen der Stadt bescheren, während die Annalen des Sumpfs nichts weiter gewännen als die unverständliche Anekdote von der Eroberung einer seuchengeplagten Ruine! Glaubt der Wappensumpf vielleicht, daß diese Stadt an einen strategischen Punkt gestellt wurde, um ihm einen Weg für weitere Eroberungen zu öffnen oder zu verwehren? In Wirklichkeit ist hinter unserem Rücken gar nichts, und derjenige, der diese arme Stadt erobert, findet jenseits von ihr nur die Leere; nicht etwa die Wüste, die noch hoffen läßt, daß dahinter etwas Erlebenswertes liegt, sondern die Leere, eine der vielen Formen des Nichts – und nicht einmal die prächtigste oder unterhaltsamste, sondern eine äußerst billige und wahrscheinlich geschmacklose Form des Nichts, ein Nichts, so wage ich zu behaupten – mit unglaublicher Speichelleckerei –, das schlecht zu dem Prunk paßt, der als zur Größe des sumpfigen Aufmarschs gehörend durchscheint.

Die feierliche und vielleicht zerstreute Stille des Wappensumpfs bedeutet mir, daß in meinen Gedankengängen ein Fehler liegt; in der Tat neigen alle meine Erörterungen – nicht ohne eine eigene rudimentäre Schläue – in der einen oder anderen Weise dazu, der Stadt bei all ihrem Verfall irgendeine Unabhängigkeit zu bewahren und die Gefahr einer Besetzung, die ihre Existenz erschüttern, ja vernichten würde, von ihr abzuwenden; und in der Tat, was kann auch das Eindringen eines einzigen Mannes, noch dazu eines Marketenders, anderes bedeuten, als daß die Stadt de facto nicht besetzt und nicht in eine Kolonie des Sumpfs verwandelt wird, ja daß ihr sogar das Recht erhalten bleibt, weiter zu verfallen – bis hin zu vollständiger Auszehrung, zum vollkommenen und nicht weiter zu vervollkommnenden Verfall? Und gewiß kann dieser, ja gerade dieser kriegerische Sumpf nicht dulden, daß an seinen eigenen Grenzen – denn die Grenzen des Sumpfs sind überall, und die Stadt kann sich nicht an einen Ort versetzen, den diese Grenzen nicht erreichen –, daß also dort eine Stadt existiert, die – und sei sie noch so arm, erschöpft, entmutigt und durch Krankheit zermürbt – irgendwie unabhängig ist, auch wenn diese Unabhängigkeit nur darin besteht, den eigenen Tod zu sterben, sonst nichts. Diese Stadt, diese Ruine wäre doch immer noch etwas anderes als der Sumpf, und obwohl sie keinerlei kämpferische Möglichkeiten hat, kann man nicht leugnen, daß sich in einem dieser Häuser doch immer noch ein Satyriker, ein Annalist, ein Politologe oder ein Polemologe verbergen könnte, der fähig wäre, den Sumpf mit Worten zu beschreiben, die der Sumpf unerträglich fände, und die vom Standpunkt des Ewigen her – vermutlich der einzige, der den Sumpf interessiert – eine ungenaue, tendenziöse, verleumderische Beschreibung des Sumpfs und seiner metahistorischen Ziele liefern könnten. Ich gebe ein Zeichen, um dem Sumpf zu bedeuten, daß ich verstanden habe und neue Vorschläge zu machen wünsche; die Stadt, sage ich, verpflichtet sich, jeden Versuch zu verbieten, in irgendeiner Weise etwas aufzuschreiben, das sich auf den Sumpf bezieht; man wird sogar, während die Alten nach und nach sterben, die Kinder das Schreiben nicht mehr lehren, man wird sie lehren, daß es nicht statthaft, ja sogar in jeder Weise unanständig und unmoralisch ist, Sätze niederzuschreiben, die nicht zusammen mit ihrem Schreiber verschwinden. Ich rechne mir aus, sage ich laut, daß in kurzer Zeit, nicht mehr als ein paar Jahren, niemand in der Stadt mehr fähig sein wird zu schreiben, und was das Sprechen betrifft, so könnte man dekretieren, daß jegliche Rede, die mit irgendeiner Absicht das Thema des Sumpfs berührt, als verbrecherisch gilt und verboten werden und, wenn trotzdem gewagt, hart bestraft werden muß, und daß die Stadt, die sich freiwillig als Abhängige, Leibeigene, Sklavin des Sumpfs erklärt hat, keine Tore und Mauern mehr haben wird, und daß vor allem niemand mehr da sein wird, der in irgendeiner Form über den Sumpf sprechen oder schreiben möchte. Man wird alle vorhandenen Bücher vernichten, ganz gleich welchen Inhalts, denn niemand kann sich vor ihren hinterlistigen Anspielungen schützen, und man wird kein Papier mehr fabrizieren und keine Tinte mehr produzieren oder importieren; jeden Morgen werden die Kinder wie früher üblich ihre rosigen und unschuldigen Hände vorzeigen, um zu beweisen, daß sie keine Tintenspuren tragen.

Das Schweigen des Sumpfs scheint diese Vorschläge nicht zu akzeptieren; und ich kann in der Tat nicht leugnen, daß meine Vorschläge, wie einschränkend und masochistisch sie auch sind, doch immer noch danach trachten, die Stadt als etwas vom Sumpf verschiedenes zu retten. Und da regt sich in mir der Verdacht, daß in Wahrheit ich, ja vor allem ich das Hindernis bin für einen gerechten Pakt zwischen der Stadt und dem Sumpf; ich bin es also, mit meiner heimtückischen Eloquenz, meinen spitzfindigen Überlegungen, meinem unverhüllt forensischen Appell an die Gefühle, der den Sumpf mißtrauisch stimmt und die Katastrophe der Stadt herbeiführt. Deshalb nähere ich mich jetzt dem grenzenlosen Sumpf und erkläre: »Ich bin der Sumpf, bin nichts anderes als Sumpf; und deshalb werde ich es sein, der als solcher die Stadt besetzt.«

Oh süße, verführerische Sehnsucht des äußersten Servilismus! Ich werde jetzt umkehren und in die Stadt hineingehen, um sie zu besetzen – nicht im Namen des Sumpfs, sondern als der Sumpf. In diesem Augenblick endet die Nacht.

23 Wenn der Einbruch der Nacht mich zwingt, das Haus zu verlassen und – ich allein – in den Sumpf einzudringen, dann weiß ich – weiß ich, nachdem ich entdeckt habe, daß ich mich wirklich im Sumpf befinde –, daß der Sumpf die Form eines Labyrinths angenommen hat; unter meinen Füßen ist der Boden fest, und nur ein anhaltender Geruch von Schlamm, Schlick und eitrigem Erdschweiß bestätigt mir, daß der Sumpf, auch wenn er sich als Labyrinth gebärdet, noch immer er selbst ist. Die Nacht des Labyrinths wird durch eine Phosphoreszenz erhellt, die teils aus dem Sumpf heraufsteigt, teils von dem, was ich den Himmelssumpf nannte, herabscheint. Ich durchlaufe eine Zeichnung, die mich in Wahrheit keinen Augenblick lang daran hindert, die Grenzen dessen zu überschreiten, was ich als Pfade beschreiben müßte; aber ich weiß, daß ich die Zeichnung, der ich folgen muß, in keiner Weise verletzen darf; wie ein Schachspieler bin ich an eine geringe Zahl von Bewegungen gebunden, ich kann das Sumpffeld nicht seitwegs durchlaufen, und kann auch nicht, wie es bequem erschiene, direkt auf das Zentrum zugehen. In Wirklichkeit weiß ich, daß ich das Labyrinth durchlaufe, weiß, daß ich aufpassen muß, nie auswegslos in eine Straße eingeschlossen zu sein, die zwar nur gezeichnet ist, aber unerbittlich; und trotzdem weiß ich nicht, welches der Punkt, der Ort, der lediglich angedeutete Weiher ist, wo der Zwang zum Abbiegen, zum Erforschen der Gabelungen, zum rückwärts Weitergehen sich auflöst; und gleichzeitig irre ich mich ständig, auch wenn dieses Wort in solchem Spiel ungenau erscheint; ständig finde ich mich in eine Straße eingeschlossen, die nirgendwo hinführt, und muß dann zurückgehen und die irrtümliche Gabelung suchen, muß schließlich noch andere Irrtümer probieren, in der Hoffnung – aber als reines Spiel –, die Lösung am Ende zu finden; als reines Spiel, sage ich mir, aber in Wirklichkeit sage ich das, weil ich nicht weiß, ob dieser Lauf durchs Labyrinth zur Kategorie der belanglosen Spiele gehört, oder ob im Gegenteil meine Beziehung zum Sumpf und zu allen Gestal-

ten, in denen der Sumpf sich von nah und fern vor mir aufspielt, in absoluter Weise davon abhängt.

Eine flüchtig gezeichnete Lagune zieht sich längs eines schmalen Wegs hin, der sich dann gabelt und teils die Lagune, teils eine lange feuchte Düne begleitet. Es gefällt mir, am Anfang einer Gabelung Rast zu machen, und man weiß ja, daß ein Labyrinth in erster Linie aus Gabelungen besteht; es gefällt mir, die köstliche Ungewißheit des Irrtums auszukosten; denn auch wenn sicher ist, daß einer der Wege den Irrtum darstellt, so ist doch nicht sicher, daß der andere den Irrtum ausschließt. Die Dunkelheit, das langsame Vorwärtskommen, die ungeheure Länge der Strecken zwingen mich, lange im Ungewissen zu bleiben, welcher der beiden Wege mit geringerer Wahrscheinlichkeit der irrtümliche ist; jedenfalls habe ich bis heute nur solche Wege erkundet, die ich als irrtümlich bezeichnen muß, obwohl nicht einmal sicher ist, daß sie es sind; aber eines kann ich sagen: daß keiner dieser Wege mich zu dem Ort geführt hat – und ich würde ihn ganz sicher erkennen –, der die Ansprüche des Labyrinths erfüllt. Groß ist die Faszination des Labyrinths, seine strenge Neigung, absolute Fragen zu stellen und sie zugleich in indirekter, ausweichender, fast spielerischer, schlauer und kindlicher Weise zu äußern. Jeder Weg ist ein Weg, aber er ist auch eine Halluzination, ein Weg, so scheint es, auf ein Ziel zu, aber da dieses Ziel, was immer es ist, nie erreicht wird, außer es handelt sich um einen weiteren Weg, wäre es auch möglich, daß jeder Weg eine Täuschung, ein Trugbild, ein Schabernack ist, um mir durch ein ins Dunkel gezeichnetes Lügenideogramm einzureden, daß es letzten Endes klug wäre, sich gar nicht zu bewegen. Aber da wir uns einig sind, daß dies zwar ein Spiel ist, aber vielleicht ein Spiel, das ein Schicksal vortäuscht, probiere ich einen Weg, und muß am Ende wieder umkehren und den Weg zurückgehen, oder ich stoße auf eine weitere Gabelung; tatsächlich ist das, was mir als Ziel angeboten wird, jedesmal eine Gabelung, sei es eine neue, sei es eine bereits erprobte, deren Lösung – im übrigen offensichtlich falsch – ich aber bereits vergessen habe. Zuweilen geschieht es mir, daß ich mich ständig in einem Bereich weniger Straßen bewege, die so angelegt sind, daß sie sich fast vollständig ähneln, weshalb ich sie jedesmal gleichzeitig wiedererkenne und mißverstehe, während sie mich jedesmal zu einer Gabelung zurückbringen, die mir vermutlich bekannt ist oder nur einer anderen, vergeblich erprobten, ähnlich; in Wirklichkeit habe ich jenen Bereich, in dem ich mich als drinnen im Labyrinth erkannte, nur sehr selten überschritten; und wenn es doch einmal geschah, dann habe ich das Gefühl gehabt, ganz nahe beim Zentrum zu sein – ohne im übrigen zu wissen, welche Funktion dieses Zentrum im Labyrinthspiel hatte – und habe den Schrecken erlebt, mich verirrt zu haben und keine andere Rettung zu sehen als die Zerstörung des Labyrinths, wenn diese je möglich und ernstlich denkbar war.

Ich weiß nicht, ob es eine umfassende Zeichnung mit einer Lösung gibt, aber ich würde glauben, daß man kein Labyrinth erfindet, ohne den Plan, einen Weg, einen Ausgang anzubieten; oder auch dieses ist nicht unmöglich: das Labyrinth ist selbst der Weg, und kein anderer ist denkbar, planbar, begehbar; dann ist das Labyrinth also einfach das Modell des Wegs, die Weghaftigkeit, hab' ich recht?

Die Weghaftigkeit kann ein Scherz sein oder auch nicht; tatsächlich ist die Weghaftigkeit Teil eines Spiels, wie auch das Labyrinth eine Allegorie sein kann oder eine Pantographie der vier Ecken. Wenn es, wie ich vermute, ein Spiel ist, dann geschieht es jedenfalls, daß der Sumpf seiner überdrüssig wird.

Ich merke, daß das Labyrinth sich schlagartig in einen Garten verwandelt hat, in dem die Wege einfach Pfade zwischen Hecken sind, nur daß diesmal die Hecken aus unnatürlichen Blumen und Blättern zu sein scheinen und nach Verwesung riechen; so daß ich, obwohl klar ist, daß das Labyrinth in diesem Spiel abgeschafft wurde, um einem Garten Platz zu machen, trotzdem nicht übersehen kann, daß die Ähnlichkeit mit einem Friedhof extrem überzeugend ist. Es ist in der Tat nicht unmöglich, daß es den Sumpf – durch diese ganze Labyrintherei in eine ludische Stimmung versetzt – nach Ratespielen gelüstet, so als müßte ich das bescheidene Rätsel lösen, ob dies hier ein Garten ist oder ein Friedhof. Aber nehmen wir an, sage ich mir, dies sei eine kurze Nachtwerdung lang ein Friedhof: wer wäre dann wohl dort begraben? Ich kann nicht umhin, an jene Vorgänger zu denken, von denen ich phantasiert hatte, sie hätten eine Art Dynastie, eine königliche Ahnenreihe geschaffen. Solche Grabstätten müssen, so sage ich mir, unweigerlich monumental sein, und mir ist, als sähe ich im Dunkeln hohe und gewichtige Schatten, die auch Zeichen für feierliche Begräbnisse sein könnten; oder sind es kunstvoll aufgereihte Dünen, um die geistreiche Zeichnung des Gartens zu beleben? Wenn es Inschriften gibt, so sind sie nicht sichtbar, und vielleicht sind diese Gräber auch anonym – nicht aus Geringschätzung, sondern aus erklärter Ehrerbietung gegenüber denen, die so berühmt sind, daß sie keine Grabinschrift dulden. Wenn ich vermute, an einem heiligen Ort vornehmer Gräber zu sein, dann forsche ich mit dem Blick so gut es geht, ob Spuren heiliger Zeichen da sind, so als wüßte ich nicht, daß ein heiliges Land keinerlei Zeichen duldet, weil es selbst Zeichen ist. Ich frage mich, ob auch ich, wenn es einen Sumpftod gibt, einmal auf diesem alles in allem recht hübschen Friedhof begraben sein werde; aber begraben von wem? Denn ich habe noch nie jemanden gesehen, der taugliche Glieder für ein so trauriges aber feierliches Geschäft besäße. Aber – um dieses Spiel, das ja auch weitgehend verbal ist, fortzusetzen: ich habe gemerkt, daß ich vorhin nicht Grabstätte gesagt habe sondern Kenotaph; und in der Tat, wenn man sich auf dem Grat zwischen Spiel und Schicksal bewegt, dann könnte dieser Ort – der schließlich der Isotop des Labyrinths ist – zwar ein Friedhof sein, also mit Gräbern bestückt, aber mit leeren Gräbern, auch wenn jedes davon für irgendeinen Pseudototen bestimmt ist; ich kann in keiner Weise sicher sein, daß meine sogenannten Vorgänger tatsächlich existiert haben; und ich kann phantasieren, daß sie Nichtexistente waren, und somit einen Nichttod erlitten haben, aber doch immer noch aus der Gattung der Tode, und daß ihnen deshalb ein Nichtgrab oder ein Disgrab oder ein Nullgrab zusteht, wie es im Jargon der Wissenschaftler oder Rhetoriker hieße. Aber könnte denn nicht auch ich die lind nachdenklichen Alleen eines Kenotaphs durchstreifen, in dem meine Vorgänger ruhen, oder besser, in dem ihre Eventualitäten – die puren MÖGLICHEN – in schönen, geschmückten, feierlichen aber nicht bedrohlichen Nullgräbern ruhen? Spärliche Blumen schmücken, wie es der Brauch ist, diesen den Gedanken an das Nichts geweihten Ort, jenes Nichts', das hier in der Idee des Kenotaphs zelebriert wird. Ich frage mich, ob auch ich von dieser Reihe inexistenter Vorgänger abstamme, ob also auch ich eine gewisse Neigung zum Nichtexistieren von ihnen geerbt habe, und ob deshalb auch mir eines Tages ein zarter, heiterer Kenotaph zusteht, und ich frage mich, an welcher Stelle mein Nullgrab denn wohl geplant sein könnte, und wo und in welcher Form ich es selbst planen würde, und male mir aus – spielerisch, aber nicht ohne pathetischen Ernst –, welche Form zu einem König von zweifelhafter Existenz passen würde, und ich frage mich, welche trauernden Nullen von Zeit zu Zeit kommen und sich um das Nullgrab versammeln würden, um zu meditieren – natürlich über das Nullsein, über das Nichts, über das Nichtexistieren und über das Sterben ohne Geborensein.

Durch diesen Friedhof zu spazieren, wenn man ihn als solchen betrachtet, ist angenehm und geruhsam, nach den subtilen, wenn auch ein wenig kindlichen Ängsten, die mir das Labyrinth eingeflößt hat. Und trotzdem ist nicht ganz sicher, ob ich das Recht habe, diesen Ort einen Friedhof zu nennen, denn es ist ganz offensichtlich, daß es sich – ich weiß nicht ob auch oder vor allem oder nur – um einen Garten handelt. Kein malerischer Garten voller Hahas, Grotten oder irreführenden Alleen, aber auch trügerisch verwilderten Perspektiven – sondern im Gegenteil ein geometrischer, abstrakter, ganz und gar rechtwinkliger Garten, vollständig ohne Gefühle, ja gefühlsfeindlich und von großer – so vermute ich – denn alles kann ich nicht sehen – von großer Eleganz. Ein so gearteter Garten läßt noch weiteres vermuten: zum Beispiel ein Schloß, dessen Zierde und Krönung er ist; muß ich also annehmen, daß das Sumpfhaus ein Königsschloß ist und dieser Garten sein königliches Ornament?

Ein Garten setzt Spaziergänge, ruhige und kultivierte Gespräche, elegante Projekte und eine erlesene aber wo nötig auch grausame Macht voraus; ist dies vielleicht der Garten, den meine adeligen Vorgänger durchwandelt, geplant und liebevoll gezeichnet haben? Man hat gesagt, daß sie wahrscheinlich, nicht mehr als wahrscheinlich, Nichtexistente sind, aber welcher Grad von Existenz gebührt diesem Garten, der dazu neigt, sich als Friedhof auszugeben (oder dieser als Kenotaph), einem Garten, der aus nichts anderem hervorgegangen sein kann als aus einer Laune oder der Müdigkeit des Labyrinths? Müdigkeit seiner selbst, denn eine andere Müdigkeit gibt es hier nicht. Sicher, der Garten könnte, wenn er kein Friedhof wäre, eine geruhsamere Rast gewähren, und schließlich ist ja auch möglich, daß der Garten seiner selbst nicht überdrüssig wird, oder wenigstens nicht so plötzlich wie der Kenotaph – dieses edle Stück Theater, gewiß, aber wie vollgestopft mit Phrasen! Und könnte der Garten nicht auf vornehme Besucher hinweisen, könnte ich hier nicht meine unbekannten Vorgänger treffen, den Mann mit dem Stammbaum oder den Jüngling mit dem Namenszug?

Deshalb versuche ich, während ich durch die Alleen wandle – bei genauer Betrachtung nicht verschieden von den Alleen des Labyrinths, des Friedhofs und der Kenotaphen – versuche ich also, meiner Gegenwart ein feierliches, würdiges, auch physisch vereinnahmendes Ansehen zu verleihen; ich möchte nicht, daß denen, die vielleicht in demselben Garten verkehren, die Möglichkeit entgeht, mir zu begegnen, mich wiederzuerkennen, ein Gespräch mit mir zu versuchen. Natürlich weiß ich nicht, ob wirklich jemand in diesem Garten umherstreift, und der Garten hat so rätselhafte Dimensionen, daß selbst wenn alle meine Vorgänger, gleichmäßig verteilt, anwesend wären, es nicht unmöglich wäre, daß wir uns niemals begegneten, ja daß keiner von uns einem der anderen begegnete, weshalb sehr zweifelhaft ist, ob wirklich jemand mit irgendeiner Berechtigung in diesem Garten verkehrt.

In Wirklichkeit bin ich noch nie jemandem begegnet, aber oft, sehr oft, glaubte ich Schatten zu erkennen, längs der Hecken vorbeihuschend, an den Gabelungen ruhend, aber wenn ich dann hingegangen bin, habe ich nie jemanden gefunden, der mich erwartet hätte. Jedenfalls weiß ich nicht sicher, ob der Garten je von anderen besucht worden ist, und ob irgendeiner jener Schatten wirklich auf ein Wesen angespielt hat – ein mir brüderliches oder nicht unähnliches wandelndes Bild. Ich habe auch gedacht, daß ein so gearteter Garten sehr geeignet für ein Liebesstelldichein wäre, und ich merke erst jetzt, wie sehr ich im Schiffhaus, angesichts des Sumpfs, die beängstigenden Riten der Liebeseinsamkeit gefeiert habe. Ich selbst habe kein genaues Bewußtsein mehr von mit körperlicher Trennung verbundenen Gefühlen, und ich wage auch nicht mehr, mich als Mann oder Frau zu sehen, wie es im übrigen auch den Gespenstern, den Bewohnern der Kenotaphen und den verstorbenen Königen ergeht, von denen man nur zum Nutzen der Historiker und der Schulkinder sagt, daß sie Männer oder Frauen waren. Ich gestehe, daß die seltsame, ein wenig schaurige Lieblichkeit des Gartens in mir die Erinnerung, oder die Erwartung, oder das Schauspiel einer Liebeszusammenkunft beschwört, eine nächtliche Sehnsucht, eine stille Komplizenschaft, und in Wirklichkeit möchte ich jetzt nicht mehr meinem königlichen Vorgänger, sondern meiner unbekannten Königin begegnen.

Ein Schauspiel! Mit diesem Wort habe ich versucht, mich selbst zu überreden, und jetzt merke ich, daß es sich tatsächlich nicht um einen Garten, oder nicht mehr um einen Garten, sondern um einen Ort handelt, an dem eine Theateraufführung vorbereitet wird, und ich habe das bizarre aber nicht unangenehme Gefühl, daß just in dem Augenblick, als ich begonnen habe, mich als in meine Königin verliebt zu betrachten, das Schauspiel dank meiner, dem ersten Schauspieler und ersten Liebhaber, bereits begonnen hatte.

24 Als erster und einsamer Schauspieler bei der nächtlichen Vorstellung des Sumpftheaters entdecke ich mich von den Gespenstern einer oder mehrerer, ja vielleicht zahlloser Bühnendichtungen belagert; manche dieser Gespenster dringen in mich ein, sind ich selbst, andere umringen mich und verführen mich zu einem Gespräch, das auf dramatische Verwicklungen hinweist. Und jetzt, da ich mich gänzlich mit Monologen und Repliken angefüllt finde, kann ich nicht anders als sprechen, aber nicht nur das, ich kann vor allem nicht anders als wissen, daß ich in ebenso halluzinatorische wie verlockende Geschichten verstrickt bin. Aber wer sind die Gespenster, die auf den Schwellen meines Körpers verharren, und die sich mir unter verschiedenen Titeln als Gesprächspartner anbieten – als Mörder, liebende Frauen, Giftmischer in meinen Diensten, Tyrannen und Spione? Sind es auch diesmal die Bewohner der Kenotaphen, sind es meine Vorgänger, denen ihre verfängliche Inexistenz eine subtile Gleichzeitigkeit verleiht, zumal sie den Schikanen der Kalender nicht unterliegen? Bin ich von winzigen Massen Existenter umzingelt? Bin ich in zweideutige und packende Geschichten von großen und hoffnungslosen Lieben, finsteren Eifersüchten, Palastverschwörungen verwickelt? Ich frage mich, ob es so gewesen ist, daß meine Vorgänger zu Sumpfkönigen gekrönt wurden, und ob sie wirklich welche waren, so daß der Jüngling mit dem Namenszug Erfolg hatte mit seinen Intrigen – oder wurde vielleicht gerade er, der Auftragsmörder, auf der Schwelle des Thronsaals von dem Auftragsmörder, den er gedungen hatte,

getötet? Ich frage mich, ob ich nicht selbst dieser Mörder bin; und ob ich, der ich in jenem leeren Haus den Platz des Königs eingenommen habe, nicht in Wirklichkeit nur dadurch so Großes erreichen konnte, daß ich mit verdeckten Intrigen all diejenigen getötet habe, die mir vorausgegangen sind und die – dank ihrer körperlosen Natur – schließlich auch alle im selben Moment regiert haben könnten – vielleicht in mehr als einem Moment – lange genug für meine Verschwörung.

In der theatralischen Nacht bin ich ein Katalog von Monologen: in erster Linie bin ich der verzagte und feurige Liebhaber – logorrhöisch und sprühend von Ideen –, der sich an eine abweisende, vielleicht einer anderen Liebe wegen eiskalte und verächtliche Geliebte wendet – oh abscheuliche Spiele der theatralischen Rhetorik! – mit einem Monolog von großer stilistischer Würde, berstend von Adjektiven und Adverbien wie ›blutgeströmt‹, ›ungestümlich‹, ›zerkümmert‹, ›geierumgiert‹, welche letzteres Partizip der Vergangenheit mir ein eingetauchter Schatten zugeflüstert hat, denn in diesem Theater gibt es auch Souffleure. Die plötzliche Nähe eines offensichtlich vorgetäuschten Schattens überzeugt mich, daß meine Geliebte, über die ich nichts weiß, von dem schamlosen Schwall meiner Worte, ihrem funkelnden Prunk und ihrer bildreichen Fröhlichkeit angelockt wurde; und auch wenn meine Rede nur einer vorgetäuschten Verliebtheit, einem gespielten Anfall von Leidenschaft entspringt, so wird doch die Dame, die jetzt dem schamlosen Drängen meiner monologisierenden Begierden nachgibt, in jedem Fall auch nur ein weibliches Nichts sein, ein kunstvoll im nächtlichen Bühnenraum konzentrierter Schatten. Oh zu lieben, was nicht existiert, was weiß, daß es nicht existiert, und auch weiß, daß wir es wissen – welch herzzerreißende Wonne! Aber kaum strecke ich die Arme zu der gelogenen, unmöglichen Umarmung aus, höre ich die zarte, kaum wahrnehmbare Stimme des Souffleurs, der mir zuraunt: »Sei jetzt der Mörder, der den Tyrannen töten will.«

Ich stürze in einen rauhen, düsteren, ganz und gar kehligen Monolog, in dem ich die Sätze meines Hasses rezitiere, aber nicht etwa des Hasses auf den Tyrannen, denn hier spielt man keine mit menschlichen Rechten verwandten Gefühle, sondern des Hasses an sich – das, was mich dazu verführt hat, meine Hände – für das Gebet und die beringte Hochzeit geplant – in den Dienst eines scharf gemachten, spitzen Eisens zu stellen, oder eines süßlichen, raschen und exakten Gifts, oder eines zärtlich gerundeten Stricks, einer Liebkosung, einer Umarmung, eines bleiernden Würgegriffs. Oh wunderbare, einfallsreiche Kraft des Hasses! Man sagt mir – und der Souffleur bekräftigt es mit einem Nicken –, daß ich in dieser bejahrten Verschwörung den Frieden für meine trübe und launische Seele gefunden habe; dieses vielleicht schon in meiner Jugend begonnene Komplott, dieses geduldige Zusammensetzen aller Teile, aller Schattierungen des Hasses: meine Übungen in Groll, kindlicher Mißgunst, kleinlicher Bitterkeit, liturgischer Abscheu, wortreichem Ekel, die dann ganz plötzlich – aber mit welcher Bosheit! – in prüde Abneigung fallen, um wieder aufzusteigen zu diskreter Verachtung, mühseliger Zwietracht, übellauniger Zanksucht, unterschwelligem Überdruß, bis hin zum Gipfel der unwiederbringlichen Entliebtheit. Ich merke, daß der Sumpf mir Beifall zollt, und daß dieses starke Gefühl von theatralischem Haß, diese ausgewogene Mischung von Spiel und Verdammung, hervorragend paßt zu diesem verwandlungswütigen Ort, wo nur das faulige Aroma einer verseuchten Luft sich hält; während ich die komplizierte, syntaktisch überwältigende Litanei meiner Abneigung deklamiere, weiß ich, daß man mir Beifall zollt, nicht so sehr in der Art, wie es den großen Schauspielern geschieht, sondern eher wie einem, der eine Prüfung besteht, so als hätte sich aus dem Sumpf oder seinen Dämpfen, seinem Pesthauch ein Prüfer, ein Magister verdichtet, dessen Aufgabe nicht die ist, mein Können als Schauspieler zu bewerten, zumal ich ja der einzig mögliche Schauspieler dieser fingierten Theatermaschine bin, sondern meine Fähigkeit, den Haß gleichzeitig zu spielen und zu erleben, oder besser, ihn als Zustand zu erreichen, so wie ich vorher den Zustand der zerbrochenen Liebe erreichen mußte.

Durchdrungen von der Vornehmheit meiner Aufgabe als Mörder, die zusätzliche Grazie gewinnt durch den zeremoniellen Kunstgriff, daß ich kein Dutzendmörder bin, sondern mich zum Töter eines Tyrannen aufgeschwungen habe, d. h. einer Persönlichkeit, die traditionsgemäß jeglichen Haß veredelt – schreite ich mit großen Schritten über die vegetale Bühne, dolchschwingend, giftstreuend, Schlingen zuziehend; jeder meiner Gesten zollt ein beflissener, hilfreicher, abwesender Schatten Beifall, und jedesmal erfreue ich mich daran, beleidigende Gesten auszuführen, falsche, ja gänzlich inexistente Leichen zu diffamieren, meine Opfer zu verunglimpfen, alte weißhaarige Senatoren mit Kot zu bewerfen; und es ist offensichtlich, daß nichts existiert, denn wenn etwas existierte, dann würde man die technische Reinheit meines Hasses bezweifeln, ja bestreiten, und ich würde mit Sicherheit von den schmutzigen Freuden des Sumpftheaters ausgeschlossen werden.

Aber bin am Ende nicht gerade ich der Tyrann, den ich, gerade ich, mir vorgenommen habe zu töten, als Abschluß eines langen, haßerfüllten Lebens? Verkörpere nicht ich die zwei Formen des Hasses, die zwei Formen der Unliebe, wobei mein allgemeiner, abstrakter, didaktischer, gelehrter und vom Gift meines grünen Bluts gespeister Haß mich zum Tyrannen macht, während der spezifische, hingebungsvolle, leidenschaftliche, kleinkrämerische, fachkundige Sammlerhaß mich als Auftragsmörder ausweist? Als Tyrann und Töter des Tyrannen kann ich vielleicht der Enge eines strengen, philologisch anspruchsvollen Monologs entfliehen und meine Rede wenn auch nicht in einen Wechselgesang, so doch in eine Reihe von parallelen Monologen verwandeln; Monologe, in denen man die mühsame aber unzweifelhafte Bruderschaft des Hasses und deshalb auch die falsche und fesselnde Liebesverwicklung erkennen könnte. Und deshalb ist die Rolle, die man mir vorschlägt – und die der Souffleur mir ungeduldig aufzwingt – diese, daß ich der Tyrann bin, die grausame, archaische, sumptuös gekleidete Variante des Monarchen. Dann wäre dies also die äußerste, die abschließende Rolle, die mir auf diesem unsicheren weil nicht verrotteten Boden, dieser Darstellung einer erdhaften Kompaktheit zuteil wird?

Jetzt schreite ich mit langsamen, todverheißenden, beleidigenden, verächtlichen und brutalen Schritten voran; ich weiß, daß die Nichtse, die mich umgeben, die verächtlichen, finsteren, unterwürfigen Höflinge sind, deren Seelen in einem Fläschchen Platz haben und das Fläschchen in einer Tasche; ich weiß, daß sich unter den Höflingen der Totschläger befindet, mein Ichselbst als Mörder, mit dem Auftrag, mein Ichselbst als Tyrann zu töten. Und nur die Rücksicht auf mich und die Rücksicht auf den, von dem die Spiele verlangen, daß er mir unbekannt sei, obwohl er mir so nah ist wie kein anderer es je sein kann – nur das also veranlaßt mich, meine Höflinge mit hassenswerter Aufmerksamkeit zu prüfen, wobei ich von Zeit zu Zeit dekretiere, daß einer von ihnen auf grausame Arten gefoltert und getötet werde, denn so will es die Etikette des Tyrannen.

Als Tyrann bin ich, glaube ich, denen, die das Sumpfhaus besetzt haben, ganz und gar ähnlich; vielleicht bin ich erst jetzt einer von ihnen geworden, ein König, so wie jene Könige waren; aber ich weiß auch, daß mir dieser Rang vom Sumpf verliehen wird, in einem szenischen Wettstreit, einem nächtlichen Spiel, einer der unzähligen Verwandlungen dieses Ortes, an dem die Identität sich mit der Difformität vermählt. Ich werde zum Tyrannen gekrönt, in einer verwandlungsreichen Szene, in der man mich auch zum verschmähten und erhörten Liebhaber, zum Töter und Getöteten, zum Folterer und Gefolterten erklärt; die Dringlichkeit, meinen Figuren eine Bereitschaft zur Diskontinuität zu bewahren, zwingt zu dieser gespielten und trotzdem authentischen Zeremonie, denn das ist die Kraft der Zeremonie.

Meine Eigenschaft als Tyrann suggeriert mir die Gesten der Grausamkeit, überträgt mir aber gleichzeitig die Befugnisse der Macht, die der Sumpf denjenigen auferlegt, die das Haus bewohnen – jene Befugnisse also, die bewirken, daß die Nacht in einem obskuren, aber wirkungsvollen Zusammenhang mit den Gesten meiner Hand und den Zuckungen meines Körpers herabsinkt. Es ist die Eigenschaft des Tyrannen, und nur diese allein, die mir das Bewußtsein des Sumpfs als einem Raum, einer Weite, einer verlassenen Ortschaft verleiht, während dem Auftragsmörder die Klüfte bewußt sind, in denen er seinen Zorn kultiviert, und der Verliebte die Orte für seine Begegnungen, seine Verabredungen, die Winkel seiner weinenden Einsamkeit und seine illusorischen Liebesnischen kennt.

Nur der Tyrann kann die Größe des Sumpfs durchmessen, ohne seine Verwandlungen zu fürchten, nur der Tyrann hat das Recht, nicht etwa ein Pferd, sondern die Pferdhaftigkeit zu besteigen, welche allein in der Lage ist, den Morast ohne Hinterlassung von Spuren zu durchqueren; darum frage ich mich: war ich in dem Augenblick, als ich in den Sumpf eindrang, bereits Tyrann? Ich war seit jeher Tyrann, und vermutlich wollten sie mich deshalb auf den Scheiterhaufen werfen oder köpfen; war das mein Frevel? Ich merke, daß ich die Momente der Verwandlung nicht mehr erkennen möchte – ich glaube nicht, daß ich mich da täusche –, so als wäre ich seit Anfang meiner Geschichte in die extremen Magien dieser unerbittlichen Verwandlung verstrickt. Ich könnte vermuten, daß dieser Rang eines Tyrannen weniger der Endzustand für mich ist als der des Beginns; alles, was mir widerfahren ist – Lieben, Niederlagen, Tötungen, Verrat – ist nicht etwa das Vorspiel, sondern der Schluß eines theatralischen Tyrannentums, das in mir steckte und dessen ich mir kaum bewußt war, über das mich aber mein Umgang mit dem Sumpf zum Gebieter gemacht hat; ich war schon immer ein Tyrann, aber es ist so schwer, sich mit der eigenen widerwärtigen Seele abzufinden. Als Tyrann – ihr seht mich – hebe ich die rechte Hand zum Befehl, und finde mich plötzlich in einer Wüste wieder, wo etwas mir mitteilt, daß ich keine Höflinge mehr habe, daß mein Mörder-Ich von meinem Tyrannen-Ich aufgesaugt worden ist, und daß ich allein bin, aber nicht mehr Tyrann; jetzt bin ich der zelebrierende Monarch, das Zeremonienwesen, derjenige, der die Täuschung und die Verwandlung, die Identität und den Widerspruch erlebt; ich erhebe meine Hände – beide – vielleicht zum Segen? Aber die Nacht ist zuende.

25

Ich stehe jetzt wieder in Betrachtung versunken am Fenster und erforsche den Sumpf mit der Hartnäckigkeit eines pedantischen Kartographen – Kartomanten? –, eines Sammlers von Bildern, der in der Hingabe an seinen Auftrag schon fast erblindet ist. Vor mir liegt jene Karte, die einer meiner Vorfahren – so nenne ich sie jetzt, nicht mehr Vorgänger – gezeichnet hat, das Bild eines Sumpfs, wie ich ihn nie gesehen habe; aber ich weiß jetzt, daß dieses kein nächtlicher Sumpf sein kann. Ich erwarte die Nacht und vermute, daß sich eine Nacht ereignen wird, in der ich – die hier nur flüchtig skizzierte Karte wiedererkennend – eine weitere Beziehung zu denen finden werde, die dieses scheinbar leere Haus zu dem Sitz der Macht erheben, die ich bereits erprobt habe.

Wie immer weiß ich nicht, wann die Nacht auf den Sumpf herabsinken wird; der Lichtgrad gestattet es nicht, irgendetwas vorauszusehen; ich habe schon lange Jahreszeiten ununterbrochener Tagesanbrüche erlebt. Ich habe das Wort Jahreszeiten gebraucht, aber in Wirklichkeit folgen sich die Jahreszeiten, genau wie die Tageszeiten, ohne einen verständlichen Plan; jedenfalls ist der Winter ohne Schnee, aber neblig, der Frühling ist ohne Blumen, aber dicht mit biegsamen und kurzlebigen Binsen gefüllt; andere Jahreszeiten mit anderen Namen gibt es natürlich auch, aber ich habe gelernt, wie nutzlos es ist, in anthropomorpher Weise von den Dingen dieser deformierten Weiträumigkeit zu sprechen.

Jetzt sinkt die Nacht herab, und das, was sich mir zeigt, ist dem, was ich auf der Karte gesehen habe, ähnlich; aber nicht mehr als ähnlich; tatsächlich deuteten auf der Karte ein paar summarische Zeichen ausgedehnte Flächen an – vielleicht mit nur wenig Wasser bedeckte Erde, vielleicht kaum flüssige Tümpel; und ganz hinten: das, was ich als Vulkane bezeichnet habe. Dies also die Karte. Die Nacht, die man mir vorschlägt, ist für mich neu, hat aber mit dem, was ich auf der Karte gesehen habe, eines gemeinsam: eben die Vulkane. Im Hintergrund, dort wo sich in irdischen Gebieten der Horizont befände, sehe ich Feuersignale; wenige, zwei, drei, auch nicht stark; aber an diesem Ort, der alle Schattierungen von Silber und Argillit, alle Töne von Schwarz und Grau probiert und praktiziert, ist dieses Feuer – in wie weiter Entfernung? Wie weit zum Sumpf gehörig? – außerordentlich beunruhigend. Wenn ich annehme, daß die Feuer ein Teil des Sumpfs sind, dann kann ich phantasieren, daß sie vom Sumpf erfunden wurden – in Wahrheit habe ich bisher noch nie ein Indiz dafür gefunden, außer in jenen Zeichen auf der Karte – um seine Verkleidung vollkommen zu machen; irgendwie ist diese Verkleidung endgültig; die besonders akkurate, ja pedantische Dunkelheit, die schweigende Warnung jener fernen Feuer bewirken, daß der Sumpf gänzlich unsichtbar ist, ich muß sogar sagen, inexistent; denn es ist schließlich die Betrachtung, die den Sumpf existent macht, nicht war? Ich kann also sagen, daß der Sumpf nicht existiert; ein homogener Nachtraum erstreckt sich von meinem Fenster bis hin zu dem, was ich als die Vulkane bezeichne. Wenn ich jene Feuerorte betrachte, die ich in äußerster Ferne vermute, bemerke ich, daß sie flackern wie die Flammen einer unruhigen spaltzüngigen Hölle, und daß sie unter ihrer affirmativen Färbung jenen klugen Betrug verbergen, jene geduldige Manipulation der Botschaft, die, wie mich dünkt, die Majestät des Sumpfs enthält. Das Verschwinden des Sumpfs scheint mir eher eine Geste theatralischer

Selbstverleugnung zu sein als eine glaubwürdige Verwandlung; der Sumpf möchte sich als treuer Gespons der Finsternis aufspielen, als ihre Rolle, ihre Rechtfertigung, oder vielleicht auch als verschlagene Komplizenschaft. Der Sumpf hört meiner Meinung nach nicht auf zu existieren, sondern vollzieht seine Verwandlung nur scheinbar in Form von Dunkelheit oder in Form von Abwesenheit; es ist wohl wahrscheinlicher, daß diese Dunkelheit und diese Feuer, die das Auge ablenken, ein kühnes und schwieriges Projekt einer Verwandlung verbergen wollen, nämlich das, sich als unausfüllbaren Abgrund zu erfahren, als selbstgenügsamen Abgrund, in sich geschlossenen Abgrund, Abgrund, in den man nicht hineinstürzt, Requisitenabgrund, gleichsam Künstlergarderobe für alle erdenklichen Verwandlungen des Sumpfs und derjenigen, die aus dynastischen Gründen dort verkehren; ein Abgrund also, in dem ich als Liebhaber, Mörder, Tyrann, Monarch und Priester verkehre. Der solchermaßen vor sich selbst und den anderen geheimgehaltene Sumpf ist unbetretbar, ist vielleicht der figürliche Gipfel des Sumpfs, ist der Sumpf als nicht mehr aktive Negativität, Sein des Nichtseins; der Sumpf als Rätsel.

Die Betrachtung der Feuer, die ich Vulkane genannt habe, wirft Fragen auf: ob jene Flammen Grenzpunkte des Sumpfs sind, ob der Sumpf noch weiterreicht und die Feuer demnach zu ihm gehören, ob diese Feuer die Existenz von etwas signalisieren, das in den Sumpf eindringen will und vielleicht auch kann – eine Alternative zum Sumpf. Aber ist eine solche Alternative überhaupt denkbar? Und ich kann auch nicht umhin mich zu fragen: wie und in was für einer Beziehung stehen denn diese sogenannten Vulkane zum Sumpf? Zum Beispiel: befinden sie sich innerhalb der Grenzen des Sumpfs? Meine Kenntnis und Erfahrung beschränkt sich auf einen unterschiedlich kompakten Sumpf, aber ohne Löcher, ja ohne einen Untergrund, der nicht wiederum ein Sumpf ist; es kann sein, daß dort unten, an jenem Ort, den ich weit weg vermute, der Sumpf eine Verwandlung erleidet, die ihn entstellt, so daß er gezwungen ist, das glühende Gewicht der

Vulkane auf sich zu nehmen; aber ich könnte mir auch denken, daß der Sumpf selbst geeignet ist, Vulkane zu erschaffen, obwohl mich das zwänge, meine Vorstellung vom Sumpf zu ändern, dem ich im übrigen eine grenzenlose Fähigkeit zur Verwandlung nie abgesprochen habe; außerdem könnte die Bezeichnung Vulkan ja auch ein scharfsinniger aber unglaubwürdiger Anthropomorphismus sein, denn wahrscheinlich kann man auch die Hölle in anthropomorpher Gestalt je nach Laune als Vulkan oder Gartengrill definieren. Sicher ist nur, daß es dort unten eine Kette von Dünen, Erhebungen, vielleicht sogar Bergen gibt, die Feuer tragen, sei es von brennenden Wäldern – aber in diesem Fall wäre es sicher, daß der Sumpf nicht bis dorthin reichte – sei es von Vulkanen. Oder findet dort hinten vielleicht gerade die Plünderung und die Zerstörung einer Stadt, einer Festung, eines Landstrichs statt? Der Sumpf ist mir nicht selten als ein mit Gewalt und mit Kriegen und Schlachten reich bedachter Ort erschienen, aber in Wirklichkeit bin ich noch nie auf etwas gestoßen, das sich direkt auf solches bezöge, mit Ausnahme der Verwandlungen, gleichsam lebenden Bildern, der Nacht; aber das, was mich von diesen Deutungen der Zeichen abhält, ist das Erscheinen – ich würde sagen: mehr noch der roten Farbe als des Feuers; und wenn diese rote Farbe wirklich Feuer ist, dann kann ich nicht anders als argwöhnen, daß irgendeine Schlacht im Gang ist zwischen den Grenzen des Sumpfs und etwas anderem, von dem ich nichts weiß. Ich muß sagen, daß bereits der Gedanke, der Sumpf hätte Grenzen, mir zuwider und logisch untragbar ist; aber wenn eine Diarchie existiert, die ich bis jetzt nicht geargwöhnt habe – eine kämpferische und gehässige Diarchie, vielleicht in einem Krieg begriffen, von dem ich der Karte nur dieses entnehmen kann: daß es ganz sicher ein alter Krieg ist, denn einer meiner Vorfahren war Zeuge jener Feuer, und ich gäbe viel darum zu wissen, ob sie auch damals so heftig aber auch fern waren wie diese, die ich jetzt sehe (aus der Karte kann ich nur eines schließen: daß der Sumpf sich früher nicht völlig versteckt hat, sondern eine regelrechte, wenn auch ungenaue Zeichnung offenbart hat, nicht unähnlich den Linien eines von flüchtiger Kinderhand gezeichneten Gesichts) –, warum hat dann der Sumpf jetzt beschlossen, eine vollständige Unsichtbarkeit zu erreichen und, wie gesagt, ein grenzenloser aber perfekt gezeichneter Abgrund zu werden? Ist das ein taktisches Manöver in einem Krieg, dieser geographischen Polemik, dieser Herausforderung, und wurde dieser Kampf so formuliert, daß er kein Ende haben soll, ja daß nur der Kampf real ist, aber nicht in dialektischer Weise, sondern ganz einfach als Kampf? Und weiß ich denn in diesem Fall, ob das vollständige Verschwinden des Sumpfs eine strategische Bewegung, ja eine dramatische Bewegung ist, vielleicht als Antwort auf nicht weniger dramatische Bewegungen der vulkanischen Scharen? Und wenn ich erst jetzt, in dieser einen der vielen Nächte, die Vulkane oder jedenfalls ihre Feuer gesehen habe, kommt das dann nicht daher, daß gerade sie die spiegelbildlich entsprechende Geste des Sich-Verbergens ausgeführt hatten? Also: diese Vulkane existieren seit jeher, aber manchmal versteckt, manchmal glühend und extrovertiert; auch sie kennen die Freuden der Verwandlung, die boshafte Lust, das Nichtsein zu sein, und deshalb gebrauchen beide Fronten – so verschieden sie sind – keine verschiedenen und fremden Mittel, und ich muß deshalb sagen, daß sie, obwohl sie feindlich miteinander reden, »einander verstehen«, auch wenn das eine absolut anthropomorphe Formel ist; aber gerade dieses gegenseitige Verständnis ermöglicht ihnen, einen Kampf auszutragen, von dem ich Zeuge und vielleicht auch Betrachter bin, im selben Sinn wie ich den Sumpf betrachte; verschieden aber nicht fremd, tragen der Sumpf und das Feuer nicht etwa einen Kampf aus, sondern *sind* dieser Kampf. Eingeschlossen in mein Haus, mein Schiff, mein Königsschloß, vielleicht Kenodom, bin ich der unerschöpfliche Annalist dieses Kampfs, der mir unbeendet erscheint, und der für mich, den Betrachter des Sumpfs, auch nicht anders sein kann, denn der Kampf gehört zwar zum Sumpf – so wie er anderorts zum Feuer gehört – nicht aber, soweit ich verstehe, seine Lösung oder sein Schluß

– aber vielleicht möchte ich auch nur sagen, daß sein möglicher Schluß den medioker umsichtigen Fleiß eines kartomantischen Annalisten nicht ertrüge.

26

Bevor ich eine der seltsamsten, der beunruhigensten nächtlichen Verwandlungen beschreibe, möchte ich jenen bizarren und wunderbaren Augenblick erläutern, den das Ende der Nacht verkörpert. Wie gesagt, die Nacht bricht jedesmal schlagartig an und ist ebenso schlagartig zuende; in diesem Augenblick hört auch die spezifische Verwandlung auf, die während der Nacht zelebriert wurde, und auch meine Beziehung zu der Verwandlung erlöscht; deshalb verlasse ich – nicht ohne eine Art von dramatischem Lebewohl – meine Figuren des Liebhabers, des Deserteurs, des Auftragsmörders, des Tyrannen, des Monarchen; ich würde lügen, wenn ich sagte, ich ginge verarmt aus diesen Erfahrungen hervor, zumal meine Teilnahme an der Verwandlung auf ihre Weise gewiß ruhmreich und feierlich ist – ein Ereignis, das ich sogar glanzvoll zu nennen wage. Das Ende der Nacht beschließt die Verwandlung des Sumpfs; doch dieser Schluß ist vorsichtig, langsam, kompliziert. Nicht selten taucht der Sumpf in einen dichten und weichen Nebel gehüllt aus der Nacht wieder auf, was die Mutmaßung zuläßt, daß sich unter dem Nebel eine Erneuerung seiner Konturen vollzieht; in Wirklichkeit ist der Nebel ein typisches Merkmal des Sumpfs – mehr eine Art Haartracht als ein Schleier, um seine kosmetischen Korrekturen zu verbergen; bisweilen ist da kein Nebel, sondern eine Art Schauer der Gewässer, ein Beben der Lagune, der wäßrigen Dünen; und das erscheint rührend, denn es kommt selten vor, daß man im Sumpf so viel Bewegung bemerkt. Selten, vielleicht nur nach den vulkanischen Nächten, wird die Rückkehr des Sumpfs von einem Getöse, einer Verdunklung der Luft begleitet, so als würde der Sumpf von weither oder vom Grund herauf projektiert und stürzte dort nieder, wo wir ihn dann betrachten; jedenfalls wird das Ende der Nacht als ein Moment dargestellt, der anders ist als die Verwandlungen, die darauf folgen; es ist auch für den Sumpf ein Moment des Beginns, und ich nenne ihn Morgengrauen, auch wenn keinerlei Beziehung zu der Beschaffenheit des Lichts besteht, das nach der Nacht nicht selten zugleich bleiern und blendend erscheint. Ich habe mich oft gefragt, ob der Sumpf eine Erinnerung an die nächtlichen Verwandlungen bewahrt und an die Besuche, die sie begleiten; ob er aus ihnen wie jemand hervorgeht, der sich aus einem Alptraum befreit, jemand, der ein Verbrechen bereut, oder jemand, der eine schwierige Unternehmung zu Ende geführt hat, nicht frei von Schrecken, vielleicht Verbrechen; ich frage mich, ob ich wirklich Zeuge eines Kampfs bin, ob der Sumpf aus einer solchen Lage als jemand hervorgeht, der eine grausame Auseinandersetzung hinter sich hat – ein Duell, eine kriegerische Herausforderung, eine Schlacht; ich frage mich, ob in diesem Augenblick die wiederauftauchenden Zeichen – Zeichen des Sumpfbilds, Merkmale des verwandelten Sumpfs – auch Zeugnisse eines zermürbenden Kampfs sind und der gesamte Sumpf sich jetzt als Ort der Wunden, Verstümmelungen und Verblutungen darstellt; das graue und stagnierende Wasser erscheint mir wie eine metaphysische Allegorie des Bluts, das die Größe des Sumpfs in diesen Nächten vergießen muß, um das Rot des Feuers zu bannen; Verbrennungen: vielleicht ist der Sumpf mit Brandwunden bedeckt, und das, was ich seine Merkmale genannt habe, sind die Male der Verbrennung eines unerschöpflichen Körpers; ich frage mich, welche Wunden dieser Sumpf der obskuren, unbekannten Bevölkerung der brennenden Berge zugefügt hat, kann das Feuer sich an wundbrandigem Wasser entzünden?

Die Nächte, ihre Verschiedenheit, ihre Zusammenhangslosigkeit, ihre Plötzlichkeit, die vielleicht, aber nicht notwendigerweise, für den Sumpf vorhersehbar ist, lassen vermuten, daß dieser Sumpf in irgendeiner Weise mit Geschichte ausgestattet ist; vielleicht trifft es nicht zu, daß er eine Vergangenheit hat, aber er ist gewiß zu Erfahrungen fähig, und ich bin nicht sicher, ob alle seine Verwandlungen von ihm selbst vorbereitet und ausgedacht worden sind; wenn ich mich frage ob der Sumpf zur Krankheit fähig ist, dann kann ich mir antworten, daß die Nacht der Verwandlung meiner Ansicht nach etwas sehr ähnliches ist wie eine Krankheit, aber vielleicht eine Krankheit wie der morbus sacer – eine Art zu träumen, die sich nicht anders offenbaren kann als durch den Zustand der Krankheit; aber wäre es denn ein Unrecht anzunehmen, daß dieser Sumpf, mit seiner von Wunden, Verbrennungen, Fisteln, Körperflüssigkeiten und Eiterpusteln gezeichneten Physionomie, gänzlich und immerdar, meine ich, Krankheit und Siechtum ist? Und was jenen Feuerort angeht, so könnte er sicherlich auch eine weitere, eine konflikthafte Krankheit sein, und deshalb kann das, was ich als Krankheit bezeichnet habe, sich auf beide Momente des Kampfs beziehen, und der Kampf selbst,ja sogar die Nacht – jede beliebige Nacht mit ihren Fieberträumen und Herausforderungen – ist dann nichts weiter als eine holistische Pathologie, eine Theopathologie. Und ich, wer bin ich? Ein Symptom? Ein perverser Kaiser, der mit schändlicher Freude die Qual der zwei edelsten Tiere betrachtet, während sie kämpfen: einen sumpfig versumpften Netzfechter und einen fackeltragenden, behelmten Gladiator? Oder, und vor allem, der Planer des Raums, der Verwandlungen, des Konflikts? Freilich, das ist alles nur Größenwahn, und ich kann diese Unvorsichtigkeit nicht dulden; es würde mir genügen, der barmherzige Annalist dieses Streits zwischen Gegnern zu sein – wenn es welche sind –, die keinen Namen haben, und die, soviel ich weiß, seit jeher zu einer klugen und zugleich blinden gegenseitigen Verwüstung, Zerfleischung und Peinigung gezwungen sind. In den Augen des Annalisten ist der Sumpf vielleicht die Krankheit des Feuers und das Feuer das Fieber des Sumpfs, aber was könnte der

Annalist anderes tun als die Formen, in denen der Sumpf sich ihm täglich darstellt, und die Nächte, zu denen er zugelassen ist, zu katalogisieren, und wie sollte er es bewerkstelligen, kein parteiischer Annalist zu sein? In Wirklichkeit habe ich nur in dieser sumpfigen Welt ein Bürgerrecht, und von der Welt des Feuers, wenn sie existiert, habe ich nur die geringfügigen Spuren, die hier zurückgelassen werden, in jenen raren Nächten, in denen sich der Kampf zusammen mit dem Abstieg des Sumpfs in die Unterwelt, wenn man so sagen will, deutlich offenbart. Es ist dieser ganz und gar außergewöhnliche Abstieg, der mich vermuten läßt, daß ein Kampf im Gange ist, und daß die anderen Kämpfer eben jene sind, die ich – wie auch schon jemand vor mir – in Form von Feuern gesehen und beschrieben habe. Vielleicht existiert auf der anderen Seite ein Annalist der Feuer, der die wohlwollende Chronik seiner Herren schreibt, und vielleicht hat dieser Annalist irgendeine Beziehung zu mir und meinen Annalen, und vielleicht wird es uns vergönnt sein, uns in einer dieser Nächte zu begegnen, wenn es auch dort drüben solche Nächte gibt. Aber ich weiß, daß dieses Bild von mir selbst als Annalist und dasselbe Bild eines Annalisten der Feuer schlecht paßt zu der Vermutung – bekräftigt durch jenen Namenszug, jene Ahnentafel und durch die Macht, die ich vom Schiffhaus her ausübe – zu der Vermutung, meine ich, daß ich irgendeine königliche Eigenschaft besitze; eine Eigenschaft, die, wenn es sie gibt, auch denjenigen einbezieht, den ich als Annalisten der Feuer bezeichnet habe, und der entweder mein Diarch sein müßte oder ganz einfach mein Bild im Spiegel, verschieden von dem, was das geschwärzte Silber des Sumpfs mir bietet. Aber dann übe ich ja, üben wir – ich als Zwiemonarch oder wir als Diarchen – eine Macht über den Sumpf und die Feuer aus? Dann regieren wir ihre Dialektik? Dann erweisen sie sich in unserer fundierten und gelehrten Geschichtlichkeit als wahr? Oh klösterliche Phantastereien! Meinem Gelächter antwortet ein Echo, oder bin ich es selbst, der echot? Oder mein lieber Diarch?

27 Der Gedanke, daß ich Teil einer Diarchie bin, und daß am äußersten Ende des Sumpfs – der also ein äußerstes Ende hat – ein Gefährte von mir existiert, beherrscht meine Stunden; gewiß, es ist nur eine Vermutung. Solche Phantasie beruht auf der Möglichkeit, daß ich irgendeine Königswürde besitze, daß mein Haus ein heimliches Königsschloß ist, und daß all diese Konflikte, Wettkämpfe und unstillbaren Verwandlungen, in die ich verwickelt werde, Zeichen meiner Macht sind und zugleich – wie ich beim Wahrnehmen der vulkanischen Feuer gesehen habe – auch Zeichen einer Macht, die vielleicht Feuer und Feuchte gegeneinander ausspielt, aber nicht ihre Souveräne. In Wirklichkeit habe ich keinen Grund, als sicher auszugeben, daß der, den ich als meinen Diarchen bezeichnet habe, tatsächlich existiert; nur daß der Gedanke, ich sei nicht allein dabei, eine Macht auszuüben, die um vieles zu groß für mich ist, sei nicht allein in Intrigen verwickelt, die zwar von mir selbst stammen, mich aber trotzdem demütigen – daß all das zusammen eine Spannung in mir erzeugt, die ich als verliebt bezeichnen müßte. Wir, der König des Sumpfs und der König der Vulkane, führen vielleicht – auch ohne es zu wissen – irgendeine Art Zwiegespräch; und jetzt frage ich mich, ob jene Blätter, die ich in dem Haus gefunden habe, vielleicht gar nicht von meinen Ahnen stammen, sondern Signale sind, die der rote König mir auf irgendeine Weise gesandt hat; vielleicht hat aber auch dieser König, vor meinem Erscheinen, eine provisorische Macht über das Haus ausgeübt, hat es vorbereitet, und hat die zweideutigen Zeichen seiner Anwesenheit dort hinterlassen.

Jetzt geschieht es mir, daß ich mich frage, ob meine Geschlechtsmerkmale – gänzlich vergessen – nicht im Begriff sind, zu meinem alterslosen Körper zurückzukehren; ob unser Paarsein nicht ein Indiz für einen Ehebund ist, auch wenn ich, ich muß es gestehen, nicht weiß, ob mir die Aufgabe des Geliebten oder der Geliebten zufiele; und deshalb gefällt es mir, dieses doppeldeutige Wort zu gebrauchen, um zu sagen, daß wir beide, die wir uns nie gesehen haben, die wir natürlich jedes Recht haben, an der Existenz des anderen zu zweifeln, ja die wir vermutlich jeder die phantastische Halluzination des anderen sind, daß wir als gegenseitige Erfindungen durch einen verfänglichen, liebevollen, eifersüchtigen, und in gleichem Maß zarten wie zähen, distanzierten wie fordernden, abstrakten wie fleischlichen, hypothetischen wie aufdringlichen Ehepakt aneinander gebunden sind. Nunmehr jeden Gefühls für mein Geschlecht beraubt, geschieht es mir, daß ich mir scherzend sage, daß eine beginnende Schwangerschaft, die ich an mir bemerkte, ein Zeichen dafür wäre, daß ich die Herzgeliebte bin; wenn solches aber nicht geschähe, bliebe ich weiter im zärtlichen Zweifel, was ich wohl sei und was der andere sei. Und ganz gewiß ist auch der andere, wenn es ihn gibt, nicht minder von den Plagen des Geschlechts befreit als ich, aber vielleicht nicht deshalb auch vom Sich-Verlieben; es kann also sein, daß unser Bund, mehr als nur keusch, gänzlich abstrakt, unberührbar ist. Ich frage mich: wenn ich dem Sumpf ein von mir geschriebenes und an den Herrn der Vulkane adressiertes Blatt anvertraute – würde es ihn erreichen? Das sind törichte Gedanken, denn der intime Charakter unseres Zwiegesprächs liegt ja in diesem Gebundensein, ohne zu wissen, ob wir existieren. Doch was erzähle ich da von Geschlecht und Liebe, wo wir doch beide Könige sind weiter nichts? Aber ich frage mich, mit welcher Berechtigung ich annehme, daß mein Diarch auch mein Freund ist; es kann sein, daß wir den Zweikampf zwischen Feuer und Sumpf gemeinsam führen wie ein riesiges Schachspiel; aber es kann auch sein, daß der Herrscher des Feuers mein Feind ist, und daß ich, der ich von Ehe träume, neben einer seltsam verschrobenen Liebe auch einen unheilvollen, exhibitionistischen Haß in mir trage; es ist auch möglich, daß der Krieg zwischen Feuer und Sumpf ein richtiger Krieg ist, und daß er mit einer Zerstörung enden will, oder daß es zwar keine endgültige Zerstörung gibt, aber eine fortgesetzte Zermürbung, ein Jahrtausende dauerndes Töten, mit jener Art von Tod, die bei

Epidemien, bei der Vergiftung belagerter Städte, bei Bränden und Schiffbrüchen praktiziert wird. Es ist schon so viel Zeit vergangen, seit ich in dieses Haus gekommen bin – vielleicht nicht weniger als bei jenem König, von dem ich mir vorstelle, er läge am anderen Ende der sumpfigen Krankheit – daß sich nicht nur das Geschlecht in uns verloren hat, sondern daß wir in Wirklichkeit nur noch Ungeheuer sind, daß unser Fleisch nur noch aus verdorrter Vegetation besteht und wir aus Stein gehauene Köpfe und Hände haben, nicht wahr? Und warum sprechen wir überhaupt von Liebe, wenn wir nur noch fähig sind, die schwierigen und vieläugigen Machtkämpfe des Hasses auszutragen? Wir sind zwei königliche Oger, zwei monströse Souveräne, zwei gekrönte Abscheulichkeiten, die nur deshalb von ihrer eigenen Mißgestalt befreit sind, weil mich der Sumpf dazu verführt, gewisse prunkvolle und elegante Spiele zu zelebrieren und stilistisch fesselnde Rollen zu rezitieren; und ich frage mich, ob es auch dem König des Feuers geschieht, daß man ihn auffordert, mit der Lava zu spielen, und ob die Lava um ihn herum kleine wunderbare Festungen oder Pavillons baut, und dazu noch Labyrinthe aus Asche, die den meinen darin gleichen, daß sie weder Anfang noch Ende haben, und auch keinen Schluß, und daß sie Garten, Theater oder heiliger Tempel werden können. Möglich. Er wird aber, dieser König, keine analogen Verhandlungen mit der Macht der Vulkane führen und keine analogen Monologe rezitieren; gewiß, wo mich die allesdurchdringende Wäßrigkeit der Welt bedroht, wird der andere sich der gehorsamen aber schrecklichen Virulenz der Glut erwehren müssen. Ja, die Glut. Spaziert mein Gefährte durch einen nächtlich von glühenden Beeten erleuchteten Garten? Verfolgt er ein brennendes Holzscheit, in dem er eine liebenswerte, geliebte, zu liebende Figur zu erkennen glaubt? Reckt sich die glühende Lava empor, um einen geeigneten Baldachin für seine zermürbenden und lächerlichen Lieben mit dem funkelnden Scheit zu simulieren? Wogt die Asche um sein jahrhundertealtes Haupt, karmesinrote Oriflammen zeichnend, Standarten entfaltend, Wappen einweihend? Mein Freund! Hier verharre ich in der lagunaren Kälte, in den glitschigen Dämpfen, den Schauern eines schlangenartigen Körpers; du bist verdorrt, bronzen, solar; auch deine Nächte glühen, und dein Bett ist aus lauwarmer Asche, fast als wäre ein geliebter Körper in deinen Armen vergangen – verglüht in den milden Flammen jener Gefühle, die deine Feuer dir schenken. Du jedenfalls, ja gerade du, geprägt von deiner ewigen Verbrennung, versengte Seele, Bürgermeister einer rotglühenden Stadt, die sich trotzdem nicht in der Feuersbrunst verzehrt – du, der du Zeiten, Formen und Gewalt des Weltbrands messen kannst, der du das Recht haben wirst, die Welt zu zerstören, du denkst mit Sehnsucht an diesen Rest einer Überschwemmung, die die Welt überflutet hat, diesen wäßrigen, weichen Ort, farblos aber voller Binsen und winziger Tiere, nichts wissend von der Rhetorik des Feuers, der Flammen; du sehnst dich liebend nach dieser eisigen Wehmut, und was mir und auch dir als Kampf, Eroberungskrieg und Zerstörung erscheint, ist nichts anderes als der gegenseitige Wunsch, sei es der Flammen, den feuchten Grund der Zeugung zu berühren, sei es der Feuchte, zu der Glut, der Hitze, dem Brand aufzusteigen, deren alleiniger Gebieter du bist.

Gibt es einen Ort, wo das vereiste Wasser der Lagune von den brennenden Scheiten, die du hineinwirfst, schon kocht? Gibt es einen Ort, wo der Hochofen deiner Vulkane vom schleichenden Eindringen des stinkenden Schlamms zischt und prasselt? Wäre das Labyrinth weitläufiger und sorgfältiger ausgearbeitet gewesen, dann hätte man es womöglich durchlaufen können, bis sich ein Ausgang geboten hätte auf ein trockenes Stück Land – bedeckt von der Wärme einer hauchfeinen Asche – und dort hätte ich sicherlich ein Haus gesehen, nicht unähnlich meinem, aber hell und voller Fackeln; und vielleicht wärest du mir dort entgegengekommen, mein spiegelbildliches Labyrinth, mit deinen Füßen, den harten Holzschuhen, den scharfen Nägeln, knochigen Fersen. Wir hätten uns getroffen und uns aneinander gemessen, und hätten begriffen, ob unser Schicksal, unsere Aufgabe am Ende darin besteht, uns gegenseitig zu bekriegen oder vereint zu regieren oder vielleicht beides.

Mit meinen moosbewachsenen Fingern berühre ich das von unbekannter Hand beschriebene Papier, vielleicht von meinem sumpfigen Vater, vielleicht von dir oder deinem Ahnen – jenem, der dich der Pracht des Feuers übergab. Mit unsicherer Hand skizziere ich eine Krone – ich weiß nicht, ob deine oder meine – und zeige das Blatt am Fenster, presse es an die Scheibe, damit der Sumpf die Zeichnung unserer Würde sieht, damit du siehst – wenn die Flamme sehen kann –, daß ich endlich an einer einzigen Krönung teilnehmen möchte.

28

Ich entferne mich vom Fenster, die Nächte haben mich zermürbt; ich lasse einen Lichtschimmer hinter mir zurück, der zwischen Dämmerung und reglosem Winternachmittag variiert. Nein, ich habe nie Schnee auf dem Sumpf gesehen, und ich frage mich, ob die Vulkane, die das Feuer kennen, auch das Vorrecht haben, mit dem Schnee zu verkehren. Bin ich also der König des Sumpfs oder bin ich sein Sklave? Ein alleiniger König zu sein ist nicht nur möglich, sondern auch sinnvoll; aber ein alleiniger Sklave zu sein, scheint eine ausgesuchte Tortur, ein einzigartiges, schwieriges, vielleicht sinnloses, aber sicherlich anspruchsvolles Schicksal. Jedenfalls, so sage ich mir, hat der Sumpf mich gewählt. Ist meine Haut denn nicht delikat geschuppt, haben meine Finger nicht die beinlose Schlaffheit der Natter? Mein Atem ist ein muffiger Dunst, Sumpfgräser imitieren meine Haare, wenn ich die Augen schließe, fühle ich mich von Feuchte bedeckt, auf meinem Körper wachsen Binsen. Sklave oder König, ich komme aus dem Sumpf, und der Sumpf hat mich geformt, mich entdeckt, und irgendwie glaube ich, daß er mich auch liebt; sicherlich trägt er mich, sei ich nun mächtig oder unbedeutend oder beides.

Ich lege mich aufs Bett, schließe die Augen, drücke meine Absicht aus, mich dem Schlaf hinzugeben, und siehe, die Nacht sinkt herab. Dieses Ereignis gibt mir das Gefühl einer großen und schrecklichen Macht, die von diesem Haus ausgeht, und mit der ich als Bewohner des Hauses betraut worden bin; die Königswürde gehört also zum Haus, und ich bekleide diese Macht nur stellvertretend; ich bin König, weil ich ein Königsschloß bewohne; aber wie immer frage ich mich: wer hat dieses Königsschloß gebaut? Ist es dem Sumpf entsprossen, oder hat das Königsschloß den Sumpf ausgeschwitzt? Jetzt, so sage ich mir, werde ich träumen; das Wort ist unzutreffend, denn in Wirklichkeit gibt es im Sumpf, im Königsschloß keinen Sitz für Schlaf und Traum. Alles ist unbedingt, gänzlich und einzig, Grad der Schlaffheit und Grad der Halluzination.

Jetzt werden mir Bilder geschehen, und ich werde Verwandlungen erleiden, so wie es dem Sumpf geschieht, wenn er sich der Nacht hingibt. Ich entdecke mich lichtvoll, beweglich, initial; ich sitze auf einem Stuhl, den ich als Thron betrachte, und befehle, daß man die Pferdhaftigkeit hereinführt. Wem befehle ich es? Vielleicht dem Stuhl, oder einem zerschlissenen Teppich, den ich am Boden bemerke. Aber ist das nicht schon das Stampfen der Pferdhaftigkeit auf der Treppe? Da ist sie ja, meine liebe Pferdhaftigkeit. Ich frage sie, wie es ihr geht, sie antwortet mir in einer wirren aber lärmenden Sprache, drückt ein aggressives Glücklichsein aus. Schon lange habe ich im Sinn, die Pferdhaftigkeit zu töten. Ich ertrage dieses ferne, marmorne, zähe, undurchdringliche Pferd nicht mehr. Ich fordere es auf zu reden, aber ich höre ihm nicht zu, ich lege mir einen Dolch zurecht, wahrscheinlich werde ich ihm den Hals aufschlitzen, es köpfen, es häuten lassen. Oh! Noch nie hat jemand die Pferdhaftigkeit getötet und gehäutet, nicht wahr? Die Pferdhaftigkeit hört auf zu reden und schaut auf meine Hand; sie hat meine Absicht verstanden, und ihr Blick zeigt weder Härte noch Bitterkeit. Sie nähert mir ihren mächtigen abstrakten Kopf und flüstert mir zu: »Warum bist du so töricht?« Ich schaue ihr in die Augen, jene Augen, die mich an ein fernes Bild erinnern, zu fern, als daß ich verstehen könnte, um wen es sich handelt; es muß eine Erinnerung von früher sein, als es in meinem Leben den Sumpf noch nicht gab und ich mich der Pferdhaftigkeit entzogen hatte. Ich streichle den Kopf der Pferdhaftigkeit und weine.

Jetzt gehe ich durch einen dunklen Ort, einen Wald, an meiner Seite habe ich die Pferdhaftigkeit, und dies ist nicht der Sumpf. Ich sehe die Pferdhaftigkeit argwöhnisch an und frage sie, wohin sie mich geführt hat. Ihre Antwort ist vage und sinnlos und scheint auf einen Ort anzuspielen, an dem ich weder Wasser noch Schlamm finden werden. »Du willst mich doch nicht zu den Vulkanen führen?« sage ich; die Pferdhaftigkeit lacht, und das Lachen dieses Mauls, das riesig sein muß, hat etwas freundliches, eine Anmut, die mich bedroht; und wieder spüre ich, daß ich, nur um die Pferdhaftigkeit nicht zu verlassen oder von ihr verlassen zu werden, bereit bin, in mir, in meinem Leben alle, auch die unheilbarsten Herabsetzungen willkommen zu heißen. Jetzt denke ich: bestimmt weiß die Pferdhaftigkeit, ob es den König der Vulkane gibt und ob er mir wohlwill. Ich wende mich dem Tier zu, um es zu fragen, und bemerke, daß es auf dem Kopf eine winzige Krone trägt. Ich wundere mich nicht so sehr über die Krone als über ihre Kleinheit, so als krönte sie etwas, das im Inneren der Pferdhaftigkeit winzig ist, etwas Infantiles; und jetzt lächelt sie, eine Abstraktion lächelt, und vielleicht ist diese Abstraktion der König, der Gefährte, der Diarch, der mir zugewiesen wurde, um den ungrammatischen Satz zu ergänzen, der Anakoluth meines Schicksals. Ist es möglich, daß ich schon immer mit meinem geliebten Diarchen zusammen war, daß er sich so ausgeklügelt verkleidet hat, daß mir nie gestattet war, ihn zu erkennen? Aber in Wirklichkeit erkenne ich ihn auch jetzt nicht, ich gehe neben der mächtigen Pferdhaftigkeit her, der Abstraktion, die den schlumpfigen Sumpf nicht fürchtet, und ich merke nur, daß gerade diese Mächtigkeit zur Abstraktion gehört, daß die Pferdhaftigkeit Kleinheiten birgt, die ich aus ihrem Schrein herausholen möchte. Wie seltsam, so ein höfisches Märchenwort zu gebrauchen, aber dieser Wald ist ja auch sehr märchenhaft und höfisch, zumal er genau die Art von Wald ist, in dem die Königstöchter, oder sogar die Könige selbst, wenn sie sehr jung sind, sich gern verirren, und hier ist es auch, wo sich verfallene Mauern von Königsschlössern verstecken, an deren Toren der Kopf eines enthaupteten Pferdes hängt, das man getötet hat, damit aus seinen Eingeweiden die königliche, prophetische, allwissende Seele heraustritt.

Wir gehen durch die Ruinen einer Stadt, die die fröhlichen Zeichen des Feuers trägt, und zwischen den Ruinen entdecke ich ein winziges Haus, sehr viel kleiner als ich und die Pferdhaftigkeit, trotzdem gehen wir hinein, sind schon drin, das Haus sitzt an uns wie ein Kleid – ist es ein Kleid, unser Königskleid, oder vielleicht unser Hochzeitskleid? Die Pferdhaftigkeit, die ich töten wollte, ist also meine Braut? Die Pferdhaftigkeit hebt einen ihrer Hufe und sagt klar und deutlich »Ich gelobe es«, und ich begreife, daß man mich meinen alten Feinden ausgeliefert hat; vielleicht haben die Schergen – jene, die mich als Gotteslästerer verbrennen wollten – mich eingeholt, und die Pferdhaftigkeit ist dabei, mich dem Scheiterhaufen auszuliefern, die Pferdhaftigkeit ist die Feindin, mir bleibt keine Hoffnung; wieder ziehe ich den Dolch, jetzt werde ich sie töten und ihren Kopf an einem der Tore der abgebrannten Stadt aufhängen. Aber die Pferdhaftigkeit sieht mich wieder an, die Zärtlichkeit ihres Blicks verwirrt mich, ist dies die Süße des Verrats oder ist es eine Süße, deren Sinn ich nicht verstehen darf? Der Dolch fällt mir aus der Hand, ich steige aufs Pferd, wir gehen auf dunklen und glitschigen Pfaden voran, und manchmal scheint mir, ich sähe links den Sumpf und rechts das Feuer eines fernen Brandes, vielleicht nur einen Widerschein auf den Wolken; es gibt also da, wo ich jetzt bin, wieder Wolken?

»Wieviel Uhr ist es?« frage ich die Pferdhaftigkeit, und diese hebt einen Huf, sie trägt eine Uhr am Gelenk, aber ich kann die Stunde nicht erkennen, doch es genügt mir bereits, daß eine Stunde existiert, vielleicht ist es eine unlesbare Stunde, und ich darf nicht versuchen, die Zeit abzulesen, die mir nicht gehört; ein Regentropfen fällt, und ein Schauder erfaßt mich: wie lange habe ich schon keinen Regen mehr erlebt; ich erinnere mich an die Straßen der Stadt, aus der ich geflohen bin, aus der die Pferdhaftigkeit mich entführt hat, vielleicht gerettet; es gibt keine Rettung, die sich nicht in Form von Flucht präsentiert. Ich bemerke, daß die Pferdhaftigkeit verschwunden ist, trotzdem reite ich weiter, und ich sage mir belustigt, daß ich eine abstrakte Idee, einen Begriff mit Nüstern, eine galoppierende Abstraktion reite, und deshalb kann ich sie nicht immer sehen, nicht wahr? Nein, das kann ich nicht. Ich reite das Nichts und finde einen allgemeinen inneren Frieden, ich durchquere den Wald, mit einer Geste der Hand pflücke ich ein Blatt vom Baum, beiße hinein, es schmeckt bitter, ist hart, und mein Zahnfleisch blutet, ich habe also wieder ein Zahnfleisch; immer weiter auf dem Rükken von nichts, der Idee an sich, reite ich weiter auf ein Gebirge zu; nein, da ist kein Feuer auf dem Gipfel, ich weiß, daß die Pferdhaftigkeit mich in einem abstrakten Königsschloß erwartet, mit den Dreiecken, den Primzahlen, der Idee der unteilbaren und vergangenen Zeit, auch mit dem Begriff des Todes, des Anfangs, des Schreckens und der Freude.

29

Die Freude; das also ist der Endpunkt des Wegs der Pferdhaftigkeit; oder ist es nicht eher der Schrecken? Denn ich weiß, wenn ich fortfahre, die Abstraktion zu reiten, werde ich ein Opfer des Schreckens sein. Ich brauche diese Pferdhaftigkeit, die die bewährten Abgründe des Verrats und die Tücken der Königlichkeit kennt und in Hütten eindringt, kleiner als ihr Huf – jener Huf, an dem sie eine Armbanduhr trägt. Ich steige von mir selbst herunter, drehe mich um und gehe sofort in mein Haus auf dem Sumpf; das Haus riecht nach Pferd, ich öffne die Augen, die Nacht ist vorbei; zwischen meinen Zähnen steckt noch das harte Blatt, das ich im Wald gekaut hatte.

Ich stehe nicht auf; ich weiß, daß die Pferdhaftigkeit in mein Leben getreten ist, und jetzt werde ich noch anderes von ihr verlangen; ich schließe die Augen, die Nacht setzt wieder ein, ich befinde mich an der Seite der Pferdhaftigkeit, sie hat diesmal die Farbe von bewegter Luft, ich vermute, daß sie aus geronnenen Winden besteht, es ist also unmöglich, sie zu verletzen. Ich raune ihr etwas zu und steige in den Sattel; jetzt reite ich auf das Vulkangebirge zu, den Ort, wo vielleicht, wenn etwas existiert, der Diarch existiert, mein Gefährte. Ich entdecke, daß auch ich aus Luft bestehe, einer festen Form der Luft, aber dennoch transparent; und ich reite auf das Gebirge zu. Während des Ritts ziehe ich aus dem rechten Ohr der Pferdhaftigkeit, so als konsultierte ich ein Lexikon, alle Angaben über die Kraft der Vulkane und die Gewalt und die Launen des Feuers, die mich interessieren. Ist das Feuer intelligent? Nein, das Feuer ist im wesentlichen leidenschaftlich, heftig, menschenfeindlich, und nicht sehr lernbegierig; allem Anschein zum Trotz interessiert es sich nicht für Sport, es liebt die Literatur und die Musik, aber in absolut dilettantischer Weise; ja, das kann man sicherlich vom Feuer sagen: es hat keine professionelle Gesinnung, obwohl es sich gut auf Prophezeiungen, Wetten und Kopfrechnen versteht und auf alles, was das Zusammenhangslose verlangt. Das Feuer ist geschwätzig, leutselig, zerstörerisch, ungesellig, ausweichend und oft unerträglich dramatisch; trotz seiner Jahre wirkt es nie alt, es läßt bei ausgezeichneten Schneidern arbeiten, es kennt, wenn auch nur oberflächlich, fremde Sprachen. Ich lache, vielleicht habe ich ein paar Seiten im Lexikon überschlagen und aus Zerstreutheit ein anderes Stichwort gelesen, vielleicht Fragment, Fruchtfliege oder Futurist; auch die Pferdhaftigkeit lacht, aber vielleicht habe ich mich gar nicht geirrt, ich merke, daß meine Kenntnisse über das Feuer sehr schülerhaft sind.

Ich bin, zum ersten Mal, von einer Art nervöser Fröhlichkeit gepackt, so als wäre dieser Marsch zum Sitz des Feuers eine großartige List, der Einfall einer boshaften, wenn auch kindlichen Intelligenz, vielleicht auch ein Scherz, ein für die Götter bestimmtes Spiel.

Das durchsichtige Pferd setzt seinen Weg mit seinem transparenten Reiter fort, und wir durchqueren aufs neue einen Wald; aber dieser ist irgendwie anders; ich komme aus dem Binsensumpf und finde mich hier in einem Wald von Bäumen, die eine glatte Haut wie Binsen haben, mich aber turmhoch überragen: hier neigt alles dazu, groß zu sein, und nach einem weiteren Stück Wegs ist sogar alles riesig; haushohe Bäume, Felsen, so groß wie Burgen, Blätter, so breit wie Adlerflügel, Gräser, höher als mein Haupt; überall Brandgeruch, aber keine Spur von Feuer, von Asche, von Glut. Ja der Weg führt sogar durch eine kalte, ja eisige Luft. Diese Größe der Formen verblüfft mich und dämpft ein wenig meine Fröhlichkeit; ich weiß jetzt, daß ich in eine kohärente Welt eindringe, die keinerlei Ähnlichkeit mehr mit jener weichen und schlaffen Sumpfwelt hat, aus der ich stamme. Gewundene Irrwege, enge Pfade führen uns allmählich immer weiter hinauf, die Luft ist unruhig, ein plötzlicher Wind erhebt sich, ich erschauere; der Wind führt einen Geruch von Asche mit sich, aber Feuer ist keines zu sehen. Ist dieses Feuer nur ein szenischer Einfall, die Erfindung eines scharfsinnigen und gleichgültigen Regisseurs? Ich gehe weiter; das Licht, das mir entgegenkommt, als der Wald sich aufhellt, ist ein ruhiges Morgenleuchten; und jetzt höre ich es. Ein Stöhnen, ein kurzes, bündiges Weinen, sofort unterbrochen, ohne Schluchzer; ein Stöhnen, das vielleicht aus einer Felsspalte, einem Riß im Boden, einem Höhlenausgang kommt. Das Stöhnen ist hell, fest, kurz und sehr vornehm, wie auf einem Musikinstrument gespielt, mit großer Genauigkeit; das Stöhnen löst kein Grauen in mir aus, erschreckt mich nicht, veranlaßt mich nicht, zurückzuweichen; mein Gefühl ist das der Bewunderung, so als befände ich mich bei der glänzenden Darbietung eines Solisten. Aber ist es denn wirklich ein Stöhnen? Vielleicht ist es die Modulation eines Satzes in einer mir unvertrauten, fremden, unerreichbaren Sprache. Das Stöhnen wiederholt sich, und ich denke, es könnte ein Gebet sein, oder eine Wehklage, oder eine mehr gekränkte als fordernde Bitte, vielleicht eine Bitte um Klärung. Doch an wen wäre die Bitte, das Gebet, die Wehklage wohl gerichtet? Ist es, dieses Stöhnen, ein Zeichen dafür, daß eine Verhandlung zwischen Göttern im Gang ist, zwischen einem verwundeten Gott und einem Gott, der über eine wilde und siegreiche Macht verfügt? Das Stöhnen setzt wieder ein, stärker, höher, vornehmer, und gleichzeitig mit einem Anflug von Verächtlichkeit; ja, jemand ist verwundet worden, vielleicht tödlich getroffen.

Welcher Fürst herrscht über diese brenzligen Berge? Jetzt merke ich, daß die Felsen, die mich umgeben, Blutflecke tragen. Blut? Oder nicht eher eine flüssige Form von Feuer? Wir gehen weiter auf einem engen Pfad, zwischen zwei nackten Böschungen, überragt von schwindelerregend hohen Bäumen, die von glatten Felsen getrennt sind; vielleicht durchlaufe ich einen vorbestimmten Weg, eine Art Via Regia, einen feierlichen und festlich geschmückten Aufgang – wohin, wenn nicht zum Haus des Feuerkönigs? Ich gehe langsam weiter, und der Weg ist von Seufzern erfüllt, so als seufzte oder klagte der ganze Boden, der meine Wegstrecke säumt, oder spräche in einer unmöglichen Sprache von etwas, das ich nicht verstehe.

Ich streichle die Pferdhaftigkeit und murmle: ich habe Angst. Vielleicht bin ich im Begriff, den Wohnsitz des Diarchen zu betreten, aber ich weiß nicht, welche Beziehung mich nach dem Ratschluß der Götter an diesen bindet; und der

Kampf, den ich mir ausgemalt hatte, könnte auch diesen und keinen anderen Gegenstand haben: das Zwiegespräch zwischen dem König des feuchten Sumpfs und dem König der feurigen Verbrennung. Die Erde beginnt zu beben, ich bin also auf dem Hang eines Vulkans. Könnten die Höhlen, die ich bemerke, nicht auch einfach nur Löcher sein, in denen die Wut des Feuers sich aufheizt – jenes Feuers, das den Sumpf in eine Wüste verwandeln könnte? Die Pferdhaftigkeit geht weiter, mit ihrem ruhigen und festen Schritt, in mir wächst die Angst. Wie weit bin ich noch vom Diarchen entfernt? Weiß er, daß ich mich nähere? Weiß er, daß wir noch heute den archaischen Knoten lösen müssen: was wir wohl einer für den anderen sind?

Ein großer, unstabiler Felsbogen, vermutlich eine Verwachsung erstarrter Lava, ragt vor uns auf, dort müssen wir hindurch; der Bogen hat die zweideutige Weichheit von einem Paar großer Lippen, und ihm nähere ich mich jetzt wie einem Ort, der mich ruft und mir droht; wird er mich küssen oder wird er mich verschlingen? Im Weitergehen spüre ich in mir ein Beben, nicht unähnlich der Liebe und zugleich dem Grauen; jenseits des Bogens: flaches Land; hier wohnen die Feuer. Auf beiden Seiten einer grob trassierten Straße gibt es regelmäßig Löcher, aus denen Feuerzungen steigen, mit leichtem Summen, das ein Zeichen eines verhaltenen Gesprächs, einer Litanei, eines Flehens sein könnte; diese schmalen, diskreten, nicht bedrohlichen Feuerzungen haben etwas priesterliches, etwas hofmeisterartiges, etwas bonzenhaftes; in geometrischer Folge aufgereiht, laufen sie an beiden Seiten entlang wie zwei Gruppen von Höflingen, die mit ihrem Gemurmel vielleicht den erwarteten Gast begrüßen, vielleicht den Feuerkönig preisen, vielleicht müßig wie alte faltige Diener über niedrige, schmutzige, vergängliche Dinge reden, wie es Diener seit jeher und überall tun. Die auf beiden Seiten von der Litanei der Feuerzungen eingefaßte Straße verliert sich in der Ferne, und wenn sich am Ende, wie ich vermute, das Haus des Feuerkönigs befindet, so kann ich es doch nicht sehen;

aber der Verdacht, daß die Begegnung, die über mein Schicksal und das meines Sumpfs entscheiden kann, mir nun nahe bevorsteht, erregt mich, erschreckt mich, erfüllt mich dann mit Bestürzung, schließlich mit Entsetzen; ich kann nicht leugnen, daß dieser Ort etwas Königliches hat, über das ich nichts weiß; ich bin nur ein kleiner Vorstadtkönig und versuche hier, von einem König empfangen zu werden, der schon seit jeher König ist, der vielleicht keine Ahnen hat, oder der sie sich einverleibt hat und Jahrtausende alt ist; und trotzdem gibt mir der Gang der Pferdhaftigkeit zu verstehen, daß diese Landschaft ihr nicht unbekannt ist, und daß sie den Weg, der den Sumpfkönig durch den Wald der Riesenpflanzen in die Nähe des Feuerschlosses führt, schon andere Male gegangen ist. Ja, in die Nähe: hat man einen sumpfigen Zaunkönig aus der Vorstadt jemals näher geführt als in die Nähe? Die Pferdhaftigkeit verlangsamt ihren Schritt, so als wolle sie mir Zeit zum Nachdenken lassen, zum Entscheiden. Aber Nachdenken worüber? Ich vermute, daß dieser Weg mich zu dem besagten Königsschloß führt, aber ich weiß nicht, ob dieses Königsschloß nah oder fern ist oder vielleicht gänzlich unerreichbar. Vielleicht ist diese Straße eine Erfindung, die nur dazu dient, den Bettelmönch zu beschämen, vielleicht ist sie eine Zufahrtsallee, angelegt, damit der Gast, der geschätzte Gast, dazu angeregt wird, die Landschaft, durch die er reist, zu bewundern, vielleicht ist sie auch eine niederträchtige Falle, dazu bestimmt, den Näherkommenden, der davon träumt mit fürstlichen Ehren empfangen zu werden, in eine Feuergrube stürzen zu lassen, oder direkt in ein Vulkanloch, einen Krater, in dem er ehrenwerte Asche wird – zu Ehren des Herrschers dieser Gegend. Welches dieser Schicksale meins ist, kann ich nicht erkennen; während mein Reittier langsam weitergeht, weiß ich nur eines: daß dieser Weg irgendwann ein Ende haben muß, sei es in einem Königsschloß, in einer Falle, in einer Ehrenbezeugung oder in einer Katastrophe.

Und ich frage mich: wird er die gleiche Form haben wie ich, mein Diarch, oder ist er selbst Flamme oder brennendes

Holzscheit oder Glut? Ist er der Feuerkönig, der Kraterkönig oder der Lavakönig, oder ist er ein winziger, verbrauchter Ordnungshüter, vorzeitig gealtert, gelangweilt von all dem Dienst, den er schon als Junge angetreten hat, zu jener Zeit, als er sich in der mühsamen Unterschrift geübt hat, um einen eleganten, fürstlichen Namenszug daraus zu machen? Vielleicht haben wir gemeinsame Ahnen, wie es sich für Diarchen gehört, die etwas Brüderliches, etwas Blutsverwandtes haben sollten. In den vergangenen Jahrhunderten müssen sich einer von seinen und einer von meinen Ahnen zu einem ruhigen Gespräch getroffen haben, bevor dieser langsame, unauflösliche Kampf begann; doch ich bin hier in einer Friedensmission – oder ist auch diese meine nächtliche Geste nur ein Manöver in einem Krieg, der weder enden will noch enden kann? Diskutieren wir vielleicht gerade darüber, ob wir die Welt mit einer Sintflut oder mit einem Weltbrand beenden sollen?

Vor mir, weit weg, sehe ich etwas, das ein Feuergebäude sein könnte; ich erkenne seine Form nicht, vielleicht hat es gar keine Form, sondern verwandelt sich unablässig, genau wie der Sumpf, und windet sich aus einem Bild heraus ins nächste, vielleicht ist es auch kein Gebäude, sondern eine Mauer, oder eher ein Turm, oder einer von jenen Festwagen, wie man sie noch heute auf dem Land für gewisse dörfliche Feste gebraucht – Feste für mächtige und milde Götter; aber vielleicht ist dieses Feuerbild auch der erste Teil eines kindlich fröhlichen Schauspiels, oder einer Krönung, oder einer heiligen Handlung, oder eines feierlichen Frevels. Daß das, was ich sehe – Wagen oder Schauspiel oder Turm – gerade der Diarch sein soll, scheint mir ein unwahrscheinliches Märchen, und deshalb bräuchte ich es nicht zu fürchten; ich kann aber nicht leugnen, daß meine Vermutung dahin geht, daß diese Feuermaschine eine Art Gesandter oder Botschafter oder Bote ist, der zu mir sprechen oder mir zuhören wird.

Er wird mir zuhören; und ich wende mich an dieses Feuerbild und rede – rede mit der erstickten Stimme dessen, der träumt und spricht; und die Pferdhaftigkeit bleibt jetzt vollständig stehen und lauscht: »Ich weiß nicht, wer du bist, ob Bote, Auftragsmörder, Trugbild oder Delirium, oder ob du tatsächlich mein Gefährte bist, der Diarch – der, den ich in den Nächten des Sumpfs gefunden habe, und den ich vielleicht liebe, der mich vielleicht liebt, mit dem ich vielleicht verfeindet bin oder in gegenseitiger Freundschaft verbunden. Ich bin der Mann, den der Sumpf gewählt hat, und es gefällt mir zu sagen, daß ich der König des Sumpfs, der Herr der toten Gewässer, Sire der Lagune, Binsenprinz und Fürst der Sumpfvögel bin. Ich habe mich zum Sumpfherrn ernannt, so wie man von einem Kammerherrn spricht, und bestimmt habe ich eine besondere Beziehung zum Sumpf, eine Beziehung, die derjenigen nicht unähnlich sein kann, die du mit dem Feuer unterhältst, Fürst des Feuers! Ich komme zu dir, um im Namen der toten Gewässer mit dir zu sprechen; gewiß könntest du mit deiner Glut alle Wasser vernichten, aus denen ich stamme, obwohl gerade das Wasser als das definiert wird, was besser als jede andere Kraft dein Feuer löschen kann. Ich möchte das Wasser rühmen, das feuchte Element, möchte den Schlamm loben und die Jauche preisen, den Eiter der Erde. Das Wasser ist nachgiebig, allgegenwärtig, schweigsam; das Wasser verzehrt reglos alles, was sich auf ihm niederläßt und hinabsinkt, das Wasser sprudelt von winzigen Lebewesen, wohin sich die Götter zurückziehen, das Wasser fließt, überflutet, besitzt, und trotzdem erobert es nicht. Aber ich vertrete nicht das Wasser, ich vertrete den Sumpf, den weichen Ort der mephitischen Dünste, den Gott der Verwesung, der Fäulnis, des geringsten aber unduldsam drängenden Lebens. Du bist edel und rotwangig und hast ein kriegerisches Gebaren; der Sumpf ist schändlich und gemein – ach, wie groß ist seine Gemeinheit und seine weiche Feigheit! Es ist leicht, dich zu lieben, es ist ehrenhaft, dich zu ehren, es ist festlich, dir ein Fest oder ein Feuer zu richten; aber vielleicht bist du auch Betrug und Gewalt, bist der inexistente Himmel, bist der Scheiterhaufen für die Sünder, die Niederbrennung der rebellischen Städte, die Verbrennung der Ketzer; man sagt mir, daß du der Hüter der Wahrheit seist. Aber der Sumpf steht der Wahrheit gleichgültig gegenüber und dem Edelmut begegnet er mit Zerstreutheit, er ist nicht rebellisch, denn er ist selbst Rebellion; aber seine Rebellion bleibt unbemerkt, und niemand, nicht einmal der Sumpf weiß, worin diese unerschöpfliche und schweigsame Revolte besteht. Der Sumpf, begreifst du, ist schlau; und – das solltest du wissen – erfinderisch; und – laß dir das nicht entgehen – ausweichend. Er ist immer weit weg, aber er sondert sich nicht ab; er ist immer nachdenklich, aber er erscheint dir zerstreut; er ist tödlich, aber er zeigt sich gastlich. Seine feuchten Sände umschließen mehr Städte als dein Zorn je verzehrt hat, oh Feuer! In den Sumpf, dessen unwürdiger Kammerherr ich bin, versenken sich unablässig Nationen, Fahnen, Volksstämme und ganze Planeten mit wechselhafter Geschichte; in diesem Augenblick, so sagt man mir, ist eine ganze Galaxis dabei, in die Tiefe des Sumpfs zu stürzen. Gewiß, es heißt, daß es deine Aufgabe sei, das Gefüge der Welt am Ende der Zeiten zu zerstören; und wahrscheinlich bist du dazu fähig, nicht wahr? Aber ich glaube nicht, daß du den Sumpf zerstören wirst; der Sumpf gehört nicht zur Welt, nein, er ist kein Gott, er ist vielleicht das Exkrement eines Gottes oder mehrerer Götter, aber du, du, das wissen wir, bist wahrhaftig kein Exkrement, und es ist das, nur das, was uns trennt. Siehst du, ich dachte, daß wir uns lieben könnten, und als Sumpf kann ich auch wirklich alles lieben – ich meine alles, was sich als lasterhaft bekennt und erklärt. Mein Sumpf verzehrt Leichen, endlos aber ohne Gier, aber du bist gierig, gefräßig, und vor allem bist du gerecht, du bist die Scharfrichterlichkeit, so wie mein Schlachtroß die Pferdhaftigkeit ist. Aber der Sumpf ist mild, denn er ist ungerecht, ist lasterhaft, ist lückenlos; seine Ausdehnung ist friedlich, trüb und unendlich. Wenn du im Sumpf eine Zone mit stillen Wassern findest, dann kannst du dein Antlitz darin erspähen, die Blässe deines Gesichts. Und du, was bist du? Du scheinst der Scheiterhaufen, die Hölle, das Himmelreich, du bist das Höchste und das Geringste; in jedem Fall bist du die Katastrophe; in dich kann man nicht eintreten; aber der Sumpf ist der Ort der Türen, und wenn du hineingehst, ist er das gleichgültige Haus. Ist der Sumpf die Rettung oder das Verderben? Ich weiß es nicht, niemand weiß es; in ihm erkennt man sich wieder und verliert man sich; das Ende ähnelt zu sehr dem Schluß, der Anfang ist der Beginn; auch ist der Schatten fester als der Körper, das Verderben ist die Wiederfindung, die Rettung ist die Auflösung. Du knisterst, oh mein Diarch – und bist du denn nicht die Rettung und die Klarheit – Despot aller höllischen Qualitäten? Deshalb sind wir uns begegnet, aber erst am Ende der Welt . . .«. Und die vertikale Flamme kreischt und zerreißt sich, krümmt sich und will mich vielleicht packen, aber wir sind weit weg, die Pferdhaftigkeit schüttelt sich, die Nacht geht zuende, ich bin in meinem Haus, im Sumpfhaus, und jetzt öffne ich die Augen, aber ich sehe mit Staunen, daß die Nacht sich nicht aufgelöst hat, die Nacht geht weiter – aber was ist das nur für eine Nacht? Jetzt laufe ich zum Fenster am Bug.

30

Diese Nacht gehört mir nicht, sie gehört nicht dem Sumpfhaus, es ist eine Nacht des Sumpfs, eine der Verwandlungsnächte. Habe ich also zu viel gewagt? Bin ich über den Auftrag des Sumpfs hinausgegangen, habe ich in einem Krieg gekämpft, der mir verwehrt war? Da stehe ich wieder und betrachte den Sumpf, er ist in die Nacht getaucht, aber sein Leuchten ist stark wie noch nie. Und ich sehe – zum ersten Mal – nicht den verwandelten Sumpf, sondern den Sumpf im Akt der Verwandlung; ich sehe, wie die Lagunen sich bewegen, wie das Wasser nervös hin und her fließt, und ich frage mich, welche Zeichnung dabei herauskommt; ein Wasserstreifen legt sich waagerecht vor das Haus, ein anderer beschreibt eine gerade Linie fast senkrecht zum ersten, den er jedoch nicht berührt; zwei Pfützen tun sich zu beiden Seiten der senkrechten Linie auf; jetzt sehe ich es deutlich: es ist die Zeichnung eines Gesichts, grob umrissen wie gewöhnlich bei Kinderzeichnungen oder vielleicht auf den Ikonen der alten Völker. Aber was mag das nur für ein Gesicht sein? Hat sich der Sumpf ein Gesicht gewählt? Ist es das wahre Gesicht des Sumpfkönigs? Oder ist ein Gott – einer der vielen Götter, die in diesem Schlammland weilen – im Begriff, sich zu offenbaren? Wenn dies der König ist, wer bin dann ich? Ist diese Erscheinung ein Zeichen des Verderbens oder der Anfang eines Dialogs? Oh meine Pferdhaftigkeit, warum erscheinst du mir jetzt vor dem Schiffhaus? Du machst dich auf den Weg zu dem Gesicht. Du siehst es also? Du kennst es? Aber du entfernst dich nicht vom Haus – ah, jetzt begreife ich: das Haus bewegt sich, das Schiff, sein Bug gleitet über den Sumpf. Wohin fahren wir, Pferdhaftigkeit? Ja, ich habe es gesehen, der Horizont ist plötzlich mit brennenden Vulkanen übersät, und zwischen diesen steigt, klettert, wächst eine schwindelerregende Feuersäule empor. Ist das nicht jene Säule, der wir im Traum begegnet sind? Wohin fahren wir, meine huf- und schwanzbestückte Abstraktion? Fahren wir auf das rechte Auge des Sumpfs zu und über Brauen und Mähne hinaus zum Ort des Weltbrands? Erklär' mir du, meine Abstraktion: reiten wir – du, ich, das Königsschloß, die Karten der Ahnen – einer Verdammnis entgegen, dem höchsten, vollkommensten Lichtmeer?

Isolde Ohlbaum

GIORGIO MANGANELLI
geboren 1922 in Mailand, übersiedelte 1953 nach Rom, wo er 1990 starb. Mitbegründer der ›Gruppe 63‹, einflußreicher Kritiker und notorischer ›freier Schriftsteller‹.

Geräusche oder Stimmen
Eine spielerische Inszenierung und ein gewaltiger polyphoner Lärm über das Geschick der Welt.
»Dieses Buch ist die Auferstehung der Sprachgewalt über die Plattitüde des alltäglichen Plapperns.«
Christina Weiss, SZ
Aus dem Italienischen von Iris Schnebel-Kaschnitz
Quartheft 166. 144 Seiten

A und B Dialoge und unmögliche Interviews
Närrische Unterhaltungen mit Gespenstern und unmögliche Interviews mit historischen Personen: Ein anspielungsreiches und unterhaltsames Lesevergnügen!
»Kein Wort sollte man ihm glauben; aber Wort für Wort sich daran ergötzen: in der Hexenküche dieses Meisters der Spitzfündigkeit.« Wolfram Schütte, FR
Aus dem Italienischen von Marianne Schneider, Alice Vollenweider und Barbara Villiger Heilig
Quartheft 178. 144 Seiten

Irrläufe Hundert Romane in Pillenform
Es werden hundert höchst unterhaltsame Romane erzählt, in Pillenform – mit Mord und Totschlag, Lug und Trug, wie es sich für Romane gehört – und gleichzeitig in einer Art künstlerischem Zirkus hunderterlei Erzähl- und Darstellungsweisen vorgeführt, selbstverständlich auch mit sehr unterschiedlichem Personal.
»Drogen, die den Leser rasch in diesen typischen Rauschwirbel aus Hypothesen versetzen, der alle Texte Manganellis umgibt.« Christina Weiss, SZ
Aus dem Italienischen von Iris Schnebel-Kaschnitz
SALTO. 144 Seiten mit Zeichnungen von Tullio Pericoli

SCRITTO MISTO AUS ITALIEN

Italienische Liebesgeschichten
Dieser Band sammelt (veröffentlichte wie auch unbekannte) Erzählungen der bedeutendsten italienischen Autoren der Gegenwart zu einem Thema, von dem der *Latin Lover* nach landläufiger Meinung viel versteht.
Herausgegeben von Klaus Wagenbach
SALTO. Rotes Leinen. 96 Seiten

Romano Bilenchi
Anna und Bruno Erzählungen
Die Erzählungen aus der Toskana, die zu zwei größeren Gruppen zusammengestellt das Leben von Dorf- und Kleinstadtbewohnern einerseits und andererseits Städte und Tageszeiten beschreiben, handeln von Menschen, die der Autor genau kennt.
Aus dem Italienischen von Karin Fleischanderl
Quartheft. Schwarzes Leinen. 190 Seiten

Luigi Pintor *Servabo*
Erinnerung am Ende des Jahrhunderts
Die exemplarische Lebensgeschichte einer zentralen Person der italienischen politischen Kultur: Die Liebe und der Schmerz, das Vertrauen und der Traum von einem anderen Leben – was davon verdanken wir uns und was unserer Zeit?
Aus dem Italienischen von Michael Becker und Petra Kaiser
Quartbuch. Schwarzes Leinen
112 Seiten mit Abbildungen und einem Glossar